Accounting Training in Real Accounts Environment

图例讲解｜简单直接｜易学易会｜轻松上手

会计实账演练 一本就够

U0095481

图解版

邓迎翔　编著

化学工业出版社

·北京·

本书以一家工业生产企业的典型会计做账过程为背景，真实地模拟了企业采购、生产、销售等一系列环节的会计处理过程。本书的记账凭证、原始凭证、明细分类账和总分类账等各种会计文档，都严格按照会计实践的要求完成，各公司的会计人员可以直接参考对应的内容。同时，本书还对网络公司、广告公司和软件公司等企业较特殊的会计处理进行了补充说明。

图书在版编目（CIP）数据

会计实账演练一本就够/邓迎翔编著．—北京：化学
工业出版社，2011.6
ISBN 978-7-122-11310-8

Ⅰ.会…　Ⅱ.邓…　Ⅲ.企业管理-会计　Ⅳ.F275.2

中国版本图书馆CIP数据核字（2011）第090963号

责任编辑：罗　琨　　　　　　　　　装帧设计：尹琳琳
责任校对：周梦华

出版发行：化学工业出版社（北京市东城区青年湖南街13号　邮政编码100011）
印　　装：化学工业出版社印刷厂
710mm×1000mm　1/16　印张15¼　字数247千字　2011年10月北京第1版第1次印刷

购书咨询：010-64518888（传真：010-64519686）　售后服务：010-64518899
网　　址：http://www.cip.com.cn
凡购买本书，如有缺损质量问题，本社销售中心负责调换。

定　　价：39.80元

前言

本书是对真实会计实务的逼真模拟，无论是会计凭证还是账簿账页或者是会计报表等，都严格按照实际会计工作中真实的文档样式，力求为读者构建一个模拟的"真实"会计环境。

本书包含大量的原始凭证图片，读者可以在日常工作中，对照真实的原始凭证进行相应的处理。本书中的会计凭证，一律使用了通用会计凭证，其样式完全符合实际凭证的格式。本书中的账页一律使用较常用的三栏式账页，使读者更易读懂账簿中的相关内容。

本书主要分为三大块，第一块是会计基础知识，第二块是会计真账模拟，第三块就是特殊企业的会计处理说明。其中第二块内容是本书的精华部分，需要读者格外关注，进行重点阅读和学习。

而会计真账模拟，又根据会计的实际工作程序，一步一步指引读者进行企业的全盘会计处理。首先是原始凭证的整理和记账凭证的填制，其次是明细分类账的登记，然后是总分类账的登记，最后是会计报表的填制。

需要注意的是，在进行总分类账的登记之前，会计们都会先用T字账进行草稿演算，然后再据此填写科目汇总表。本书中对T字账的草稿演算也进行了全程展示，务求使读者得到更贴近实际工作的会计方法。

本书特别适合会计新手使用，书中对相关业务的会计处理，读者完全可以照搬使用，为了便于读者查找，本书的目录非常详细，不论是会计业务还是会计账簿都有明确的页码指引。

本书也适合那些新转换了行业的非新手会计们，不同行业的原始凭证各有不同，不同行业的会计处理方法也不尽相同，本书的相应内容不仅包含和工业企业相关的内容，还涉及商业企业的核算方法。

除了上述内容外，本书还特别加入了一些会计处理较特殊的企业的账务处理说明，包括网络公司、广告公司和软件公司。这三个类型的公司对较特殊的企业的会计处理进行了很好的概括。

希望本书的每一位读者，都能够很快成为一个合格的会计工作者，最终成为一个好会计。

同时感谢在编写时提供帮助的朋友——王安平、王成喜、王淑敏、谢马远、张丹、张迪妮、钟蜀明、竺东、祝庆林、陈水峰、慈元龙、关蔼婷、贺宇、胡立实、张昆。

编　者
2011年2月

目录

第❶章　会计基础

张清是刚从××大学财经学院毕业的会计专业学生。张清的叔叔开了一家电子设备公司，想让他先去上班，以后能把会计这块全管起来。明天他就要正式成为一名会计了，他准备提前将会计的相关知识再复习一下。

做会计这份工作，是需要一定的基础知识来打底的，如果对会计相关知识和表达语言完全不懂，是无法顺利工作的。正巧，张清的堂哥张炜毕业多年，任一家国企的财务经理，是位资深的专业人士。所以张清就约堂哥出来吃饭，顺便请他讲讲以后做会计工作需要些什么基础知识。

张炜一听自家兄弟要他帮忙，很快就赶来了，并且直接给张清开出了相关知识的清单，具体如下：

☐　什么是会计；

☐　会计的要素；

☐　会计假设；

☐　借贷记账法；

☐　会计科目与账户。

1.1　什么是会计

张炜是个务实的人，吃过了饭就把张清带到自己办公室，和他讲起了会计的相关知识。

张炜说道："身为会计工作者，首先要对会计有正确的认知，这是基本的知识要求。会计，不是一个单纯的词，其含义不止一层。会计是一门经济学科，已经有了许多系统的学科理论。会计不仅是指从事财务工作的人，财务工作本身也可以称之为会计。"

听完这番话，张清有点发呆，会计的这些含义平时都听到或想到过，只是没有这么系统地总结过，今天听堂哥一说，倒是确实通透。

于是张清对张炜说道："哥，听你这么一说，我真是对会计有了更全面的认识了，以前我没想这么多。你这一总结，我一下子觉得通透了。谢谢哥！"

张炜说："自家兄弟，别客气了，咱们接着来。"

1.2　会计的要素

张炜接着说道："这会计的要素，是将会计核算的对象具体化，用以反映企业、单位财务状况和确定经营成果的因素，主要包括6类，即：资产、负债、所有者权益、收入、费用和利润。"

1.2.1　资产

"首先咱们来说说资产。"张炜说，"所谓资产，用通俗的话来说，就是企业拥有的能为企业带来效益的东西。"

张炜指着办公室里的各种东西说道："你看这些办公用的桌椅、复印机、打印机和保险柜，都是资产，还有外面车间的厂房，我们现在站着的办公楼，全是我们公司的资产。

"这些还不算，还有那些银行里的存款、保险柜里的现金也都是资产。

"资产是会计中比较重要的概念，对资产的定义和确认，是会计工作的重要内容。"

张炜看到张清在认真听，就接着说："资产有三个特点。一是资产得是企业拥有所有权或控制权的东西。比如房产，如果房产的产权是企业所有的，那肯定是资产；如果是租来的，那企业只拥有使用权，那么这租来的房产就不能作为企业的资产来入账。当然也有比较特别的情况，如那种租很长时间，到一定年限企业就可以得到产权的房产，在做账的时候就得记在账里，这种叫融资租赁。

"二是资产得可以用货币来量化，就是说这资产得有个价值，有价才能入账。如果不能转化为多少钱，那就没法入账。"

"三是资产一定是可能为企业带来经济效益的，也就是能直接或间接为企业赚钱的。比如生产设备，比如厂房、仓库等，这些都是直接能为企业赚钱的，还有一些，如办公用品这样的，虽然不能直接产生利益，但是公司的运作也是必不可少的。"

1.2.2 负债

"现在咱们来说说负债，"张炜接着说道，"负债就是企业的欠债，大部分时间是指企业向银行贷款而形成的欠款。不过会计上的负债范围要更广一些，也可以说是企业应付而未付的钱款。除了银行的欠款以外，还有一些如欠的货款啦，开出的汇票啊之类的。"

张清说："负债就是以后要还的欠债嘛，这个好懂。"

张炜说："对，没错。不过你做了会计有一点一定要注意，企业的负债并不是越多越好，也不越少越好。因为，企业的负债多到资不抵债的时候，企业的经营就会面临极大的风险，稍不留心，就可能破产清盘；而企业人欠债，完全使用自有资金进行生产经营活动，这样的企业虽然比较稳定，但是却很难做大，许多时候资金就是瓶颈，扼制企业的发展。"

张清说："是这样啊，我以前还真的以为是负债越少越好呢。"

1.2.3 所有者权益

张炜笑了笑，又接着说道："所有者权益，其实就是股本和利润分配的相关事宜。说起所有者权益，一般人都比较难以理解，其实所有者权益的很大一部分金额，实际上就是企业的投资人投入企业的资本，也就是一般小生意说的本钱。其余部分就是利润相关的一些分配事项了，比如计提的资本公积金、盈余公积金等以及未分配的利润数额。"

张清听到这里，接起话头："哦，所有者权益，其实也是顾名思义，就是所有者的权益啊。所有者就是投资人，所有者投入多少钱，就有多少权益，而由这些钱产生的利润也应归所有者所有的，所以也算是所有者的权益。"

张炜点点头："嗯，理解得很不错，就是这样的。从会计要素的角度来看，所有者权益和负债一样，都是企业资产的取得来源。但是负债体现的是债权人对企业资产的索偿权，而所有者权益的索偿权，却只能在总资产扣除债务后仍有富余才能有效。因此所有者权益又被称为'净资产'。"

1.2.4　收入

"收入是个比较简单的概念，在日常生活中非常多见，很常用。"张炜说道："张清，不如你来说说哪些是收入吧？"

"好啊。"张清回答道，"收入有很多啊，比如把产品卖掉，所来的钱算收入吧，比如别人请我们做事，给了报酬也算收入吧，还有要是有专利的话，可以收专利使用费，这也是收入呢。"

张炜说："嗯，你说的这些都应该算作收入的。总之对于会计而言，收入就是一种经济利益的流入。企业有了收入后，一般会体现为现金或银行存款的增加，或者是应收账款的增加。"

1.2.5　费用

"费用也是比较常用的概念，通俗说就是花费。"张炜接着说起来，"就是说只要是因为公司业务花钱的，就是费用。比如人员工资，比如公司办公用的各种用品，企业业务需要而耗费的各种物料等。购买原料的花费是企业最主要的花费，不过由于这种花费对企业的影响巨大，所以会计部门将与生产直接相关的费用纳入成本科目中进行核算。"

"在对费用进行确认时，需要根据配比原则，细心分析，采取有效的方法，使费用最接近实际的耗费。"

1.2.6　利润

张炜说："利润实际上并不真实存在，会计核算中，利润一般只是一组数字而已，其得来非常简单，只用一个公式就能算出来，即'利润＝收入－费用'。一般情况下，利润并不出现在会计的日常账务中，因为当税后利润确认之后，就会通过以下三个渠道进行分配：

● 第一，按一定比例提取盈余公积金，这主要是为企业将来的扩张进行资金准备；
● 第二，提取公益金，主要是为企业员工的相关福利提取储备资金；
● 第三，前两项分配完后，剩余的利润即为未分配利润，一般在会计年度终结时，分配给企业的投资人，这就是'分红'。"

最后，张炜说："这就是会计的6要素，你还有什么不理解的吗？"

张清摆摆手说："没有了，现在挺有概念了。"

张炜说："好，那咱们再说说会计假设吧，这也是会计工作必会、必熟的东西。"

1.3 会计假设

张清在读书的时候，虽然把会计假设的理论背得很熟，可是却并不十分了解，听到张炜提起，就赶紧说："张炜大哥，我一直对会计假设没太明白，正好你给我讲讲吧？"

张炜就知道大部分人对会计假设都会有点糊涂，所以也很清楚张清的想法，就慢慢说了开来。

张炜说道："现实生活中，经济状况时时都在变化，企业的财务情况也时时不同，为了能够更好地对经济业务进行记录和管理，只能假定一个相对稳定的会计环境，并在这个特定的经济环境中对企业的财务状况进行管理。

会计假设也称为会计前提，是为了使经济生活具有可计量性，对会计核算的核算范围、内容、基本程序和方法做出的假定。同时在此假定的基础上建立起会计的基本原则。"

张炜停了停，又接着说："会计假设包括以下四个方面，即：

- 会计主体假设；
- 持续经营假设；
- 会计分期假设；
- 货币计量假设。"

张炜起身倒了两杯水，拿了一杯给张清，又接着讲下去。

1.3.1 会计主体假设

张炜喝了口水，说道："会计主体，就是指会计的服务对象。同一个会计部门，一切会计手段都须围绕同一个对象展开，一切经济业务都以服务对象的利益为出发点进行处理。

会计主体假设，要求会计人员在进行会计核算时，首先假定企业的会计主体，而所有会计业务的处理前提都是以会计主体为出发点，以会计主

体的利益为最优先，所有会计业务都直接服务于会计主体。"

看着张清一副茫然的样子，张炜笑了笑："呵呵，看来这一段学术了一点。这么说吧，我们公司的会计部门，肯定要认定我们公司是会计主体，在做账的时候都要站在我们公司的角度来处理，所有处理都要维护我们公司的利益，其他公司的利益不在考虑当中。

"比如，同样的我们公司向 A 公司借钱，对我们公司来说，这笔钱是负债，尽早要还的；而对于 A 公司的会计部门来说，这笔钱则算是应收账款，这个可是资产；对于其他公司来说，这笔钱不关他们的事，所以他们就算知道也没必要记在本公司的账簿里。"

张清听完，点点头说："原来是这样啊，那个什么假设搞得人头晕，其实就是要认定老板是谁嘛！"

张炜听着笑出声来，无奈地摇摇头说："这个说法倒是有意思，虽然不太准确，不过意思差不多。"

1.3.2　持续经营假设

张炜接着说："持续经营假设，为会计核算限定了时间范围。对一个特定的会计主体，假设企业将持续经营下去，始终将企业看作是持续经营的主体，以持续的、正常的生产经营活动为前提，而不考虑破产等情况。

只有企业真正到破产和倒闭的情况时，才根据情况进行特殊的会计处理。只有假定会计主体其生产和经营活动是持续的、稳定的，才能在非清算的基础上建立会计原则和会计程序，从而保持会计处理的一致性和稳定性。"

张清问道："哥，那清算的时候会计处理会有不同么？"

张炜回答道："是的，企业进行清算时的会计处理与日常的会计处理有很大不同，所得出的数据也无法与日常数据进行对比，不具有可比性。"

"哦，原来是这样。"张清说。

1.3.3　会计分期假设

张炜接着说："会计分期，就是把时间分成一段一段的，以便进行会计处理。这个好理解，如果不分期的话，是很可怕的一件事，你想象一下，一个企业一年的账全计在一起，中间从来也不进行查账对账，一旦发现错误，都不知道从何查起。这还只是说一年的，如果有好几年，甚至好几十年的账，那更是糊涂账了。所以明智的方法就是分期核算和汇总。新会计准则规定：企业应当划分会计期间，分期结算账目和编制财务会计报告。"

"咱们国内一般都是分年度核算，然后再分季度和月度，有些较大的企业，甚至可以十天、十五天细分。"

1.3.4　货币计量假设

张炜又喝了口水，接着对张清说道："货币计量，就是要记录企业的所有业务转化成的钱数。不精确地讲，任何东西都可以转化成一个钱数，比如一间厂房，一车原料等。实际上是将各种不同的会计元素，统一以钱数的形式转换过来，这样这些不同的元素就可以进行数学运算，并进行相应的管理。"

"新会计准则规定：企业会计应当以货币计量。其包含着两层含义：

● 首先，假定企业的一切经济业务都可以以货币来计量；
● 其次，假定用来计量的货币，一般情况下其币值保持不变。"

张清听完张炜对会计假设的讲解后，长长吐了一口气，说道："原来会计假设就是这样啊，以前总是一说这个就犯糊涂，原来会计假设实际上就像数学或物理运算中的假设一样的，只有假设一个相对恒定的环境，物体的体积和物体下落的速度才能被测算。"

张炜赞许地说道："是的，你理解得很对。"

1.4　借贷记账法

张炜又说："再下来，就要说说借贷记账法了，这个也是你们会计专业必学必会的，是不是我就不用给你说了？"

张清说："借贷记账法，我比较熟，用得也比较好。这个我来说，张炜大哥你看我说得对不对？"

张炜说："好的。"

张清说："借贷记账法，是一种典型的复式记账法。而复式记账的特点就是把一笔经济业务，同时记入两个账户中，这样就便于之后的查账和对账。"

张炜说道："这个借贷记账法，是目前国际上应用最广泛的复式记账法之一。我国的《企业会计准则》规定，企业必须要统一使用借贷记账法。这种记账方法有以下几个特点：

- 第一，其记账符号为"借"和"贷"；
- 第二，记账规则为"有借必有贷，借贷必相等"，如公司向银行借了20000元钱，那么一边要记录公司的负债增加20000，另一边也要记录公司的银行存款增加20000，这样就方便以后的核对；
- 第三，可以进行试算平衡；
- 第四，对账户不要求固定分类，可以设置和运用多重性质的账户。"

张炜从办公桌的抽屉里拿出一张纸，对张清说："我这里正好有一张'借贷记账法的特点'的示意图，你来看看。"

借贷记账法的主要特点示意图如图1.1所示。

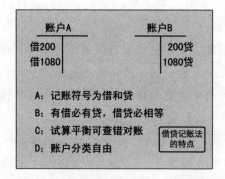

图1.1 借贷记账法的主要特点示意图

张清看到这张示意图，确实比较清楚，比一大段文字好记忆多了，于是就向张炜讨要这张表格，张炜很慷慨地把表给了他。

1.5 会计科目与账户

张清把表格收好后，又对张炜说道："张炜大哥，清单上最后一条"会计科目与账户"，这个具体是指什么啊？"

张炜说："会计科目和账户是会计核算中的基础元素，一切会计核算都围绕着会计科目与账户来进行。会计科目和会计账户的区别不大，一般情况下会计科目与会计账户是两个通用的名称。会计账户是指实际进行会计核算的会计科目与其业务内容，而会计科目只是指会计账户的名称而已。"

1.5.1 会计科目

张炜接着说："会计科目，就是把会计的相关元素分类以后，这些类别的名称。在进行会计核算时，不可能把一大堆东西都放在一起核算，要分类核算才能清清楚楚，比如，不可能把房子和图钉放一起来记录，这两种东西的价值和重要性差异很大。所以房子这一类较重要的东西就分开记录，便于经常查看和核对，而图钉这样的东西，基本是消耗品，和其他消耗品放在一起，用完了就补充，这样也不误事。

"会计科目分两个级次，即：

● 总分类科目；

● 明细分类科目。"

张炜又拿出一张表格来，对张清说："你来看看这个。"

张清接收后打开一看，是新会计准则中规定的标准会计科目表，如表1.1所示。

表1.1 标准会计科目表

序	编号	会计科目名称	序	编号	会计科目名称
1	1001	库存现金	20	1411	委托加工物资
2	1002	银行存款	21	1412	包装物及低值易耗品
3	1015	其他货币资金	22	1461	存货跌价准备
4	1101	交易性金融资产	23	1501	待摊费用
5	1121	应收票据	24	1521	持有至到期投资
6	1122	应收账款	25	1522	持有至到期投资减值准备
7	1123	预付账款	26	1523	可供出售金融资产
8	1131	应收股利	27	1524	长期股权投资
9	1132	应收利息	28	1525	长期股权投资减值准备
10	1231	其他应收款	29	1526	投资性房地产
11	1241	坏账准备	30	1531	长期应收款
12	1321	代理业务资产	31	1541	未实现融资收益
13	1401	材料采购	32	1601	固定资产
14	1402	在途物资	33	1602	累计折旧
15	1403	原材料	34	1603	固定资产减值准备
16	1404	材料成本差异	35	1604	在建工程
17	1406	库存商品	36	1605	工程物资
18	1407	发出商品	37	1606	固定资产清理
19	1410	商品进销差价	38	1701	无形资产

序	编号	会计科目名称	序	编号	会计科目名称
39	1702	累计摊销	67	3202	被套期项目
40	1703	无形资产减值准备	68	4001	实收资本
41	1711	商誉	69	4002	资本公积
42	1801	长期待摊费用	70	4101	盈余公积
43	1811	递延所得税资产	71	4103	本年利润
44	1901	待处理财产损溢	72	4104	利润分配
45	2001	短期借款	73	4201	库存股
46	2101	交易性金融负债	74	5001	生产成本
47	2201	应付票据	75	5101	制造费用
48	2202	应付账款	76	5201	劳务成本
49	2205	预收账款	77	5301	研发支出
50	2211	应付职工薪酬	78	6001	主营业务收入
51	2221	应交税费	79	6051	其他业务收入
52	2231	应付股利	80	6101	公允价值变动损益
53	2232	应付利息	81	6111	投资收益
54	2241	其他应付款	82	6301	营业外收入
55	2314	代理业务负债	83	6401	主营业务成本
56	2401	预提费用	84	6402	其他业务支出
57	2411	预计负债	85	6405	营业税金及附加
58	2501	递延收益	86	6601	销售费用
59	2601	长期借款	87	6602	管理费用
60	2602	长期债券	88	6603	财务费用
61	2801	长期应付款	89	6604	勘探费用
62	2802	未确认融资费用	90	6701	资产减值损失
63	2811	专项应付款	91	6711	营业外支出
64	2901	递延所得税负债	92	6801	所得税
65	3101	衍生工具	93	6901	以前年度损益调整
66	3201	套期工具			

张炜说："这是最新的标准会计科目表，明天你上班后一定会常常用到，你先熟悉一下相关的名称。现在的科目名称跟你们教科书上的可能已

经有很大不同了。"

1.5.2　认识会计账户

张炜又接着说："会计账户，是为了更好地对各种会计科目进行记录，而在账簿中开设的账户。会计账户是对会计要素进行分类核算的工具，是对会计要素的具体内容所作的科学的分类，其主要内容包括：

- 账户名称，会计账户一般以会计科目为名；
- 会计账户的结构，其结构一般由借方和贷方组成，形成一个T形，T形的左边记录账户的借方内容，右边则为贷方内容。"

张炜拿出一支笔来，在纸上大概画了一个草图，张清接过来一看，是会计账户的T形示意图，如图1.2所示。

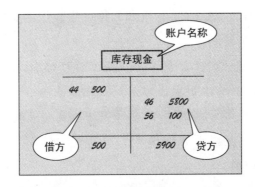

图1.2　会计账户的T形示意图

第❷章　会计凭证

讲完了会计基础知识，张清在心里整理了一下，又对张炜说："哥，明天我就得上班了，我现在所知道的会计凭证啊、账簿啊、报表啊都还是理论知识，实际操作一点也不懂呢，你教教我吧？"

张炜点点头，说道："嗯，我也觉得这些知识你多少知道一点没坏处，工作中肯定用得到。"

张清连忙点点头，张炜看了一眼墙上的时钟，说道："今天时间上可能不够充裕，不过你明天上班后，应该不会一下子全都接触到的，估计你一个新人，也就整理一下会计凭证，我今天就先和你说说会计凭证的事，账簿这些以后再讲。"

张清说："好的。"

张炜说："会计凭证，就是会计业务中用来记录经济业务、明确经济责任的书面证明，通俗说就是各种票据。会计凭证是财务工作的基础文件，在财务工作中的地位非常重要。所有的财务处理，会计程序都必须依据会计凭证的记录来进行。会计凭证不仅记录经济业务的数据，还需要提供相应业务的来龙去脉、相关经济责任人等。"

2.1　会计凭证的分类

张炜从旁边的柜子中拿出几本装订好的凭证，边向张清这边走，边和他讲解起来："这些就是装订好的会计凭证。这些册子里面，大部分都是各种票据，其中又以形形色色的发票占大多数，所以人们通常也管会计凭证叫发票。其实会计凭证分为两类，发票这些叫原始凭证，而记账用的凭证也是会计凭证的一种，叫记账凭证。"

张炜边说边用笔把会计凭证的分类写下来，如下：

● 原始凭证；

● 记账凭证。

2.1.1　原始凭证

张炜接着说："原始凭证实际上就是会计业务中的入账证明。由于原始凭证是会计做账的业务入账证明，所以需要符合相应的条件，才能具有入账证明的效力。

"典型的原始凭证，如各类发票、银行票据等，还有一些内部单据如收款收据、降价处理单等。"说着话的同时，张炜翻开会计凭证的册子，指着一张发票说："你看，这就是最常见的原始凭证，也就是发票。"

常见的原始凭证，其样式如下所示。

原始凭证的样式

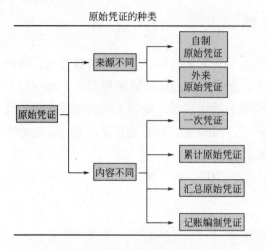

图2.1 原始凭证的种类

张炜接着又说："原始凭证也有很多种类，根据来源不同，可以分为自制原始凭证和外来原始凭证；根据内容不同，可以分为一次凭证、累计原始凭证、汇总原始凭证和记账编制凭证等。把这些分类归纳成图表，就是这样。"

说完，张炜把画好的示意图递给张清。原始凭证的种类，如图2.1所示。

2.1.2 记账凭证

张清正低着头在看原始凭证的种类示意图时，只听得张炜又开始讲解："记账凭证，是会计业务第一环节的重要会计文件，其最主要的作用就是把纷乱的原始凭证整理成格式统一、内容简洁、科目和借贷方向明确的会计信息。因此，会计记账前，必须要将原始凭证整理成记账凭证。"

张炜又翻开会计凭证装订册，指着其中一份记账凭证说道："你看，记账凭证的样子就是这样。"

常见的统一格式记账凭证，如下所示。

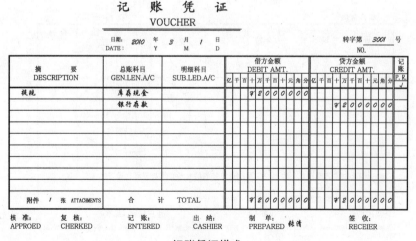

记账凭证样式

张炜指着记账凭证说道："你看，记账凭证的样式一般比较统一，只是有时凭证上的名称或金额栏会有变动。如收、付、转凭证，区别很小。一般来说，企业总是会根据当地财政部门的要求使用统一的会计凭证格式，这样不仅利于查账对账，也利于企业间的会计信息交流。"

张炜接着说："记账凭证也有许多种类，其分类关系，如图2.2所示。"

记账凭证的种类

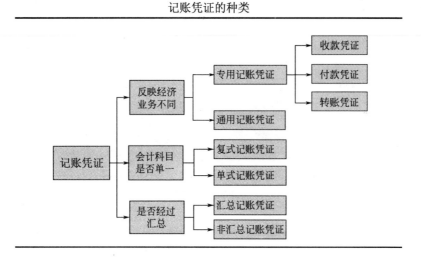

图2.2　记账凭证分类关系图

张清看完图对张炜说："这图一看，果然清楚很多。我已经明白了。"

张炜接着说道："嗯，那现在我们来讲一些非常实用的东西，明天你一上班就马上可以用到的。"

张清说："哦？是什么啊？"

张炜说："对发票和凭证的相关处理啊。这些都是极其常用又非常重要的东西。"

张清说："好的。"

2.1.3　原始凭证的审核

"首先，咱们来说说发票的整理和审核。"张炜说，"原始凭证里大部分都是发票，所以一般实际工作中会用发票来代指原始凭证。收到发票时，应该仔细查看发票的相关内容。"

张炜拿起桌上的会计凭证册子，随手翻开其中一页，然后指着说："以这张发票为例，在看的时候，要注意这几个地方：

- 1.发票的内容是否有涂改或不清楚的地方；
- 2.金额的大小写是否一致；
- 3.发票名称处是否有税务局的发票专用章；
- 4.发票上应有单位的公章或财务专用章；
- 5.发票应开给本公司，就是说发票上的"客户名称"那里应当是本公司的全称；
- 6.开发票的人应当有签名或盖章等。"

张炜说的时候，张清已经凑到跟前看着这张发票了。这张发票如下所示。

发票实例

张炜说："这张发票是已经入账的发票，不能在上面随意写画，所以我就不用笔示意了，这几个地方都很明显。"

张清说："嗯，我都找到了。"

张炜又说："除了这样的发票之外，原始凭证还有很多其他的种类，在收到这些原始凭证的时候，总体来说要注意的是：

第一，要看收到的原始凭证能不能用来入账。有很多发票、收据是不能入账的，比如没有公章的发票和简单收据都是不能入账的。

第二，要审核原始凭证的真实性。就是说原始凭证得是真的，如果是假的，税务局查到时就问题大了。你也知道现在假发票很多，假的增值税发票也很多。"

张清又细细地把这张发票看了两遍，摸摸头对张炜说："哥，我拿到发票，怎么看能不能入账呢？"

张炜说："判断能不能入账，只有一个原则，那就是发票必须合法，也就是说必须是正式发票，非正式的发票是不可以入账的。至于其他一些非发票的凭证，必须要有法律效力才能入账，比如手写的个人借条，比如内部的出库入库凭证等。"

"那怎么判断真假呢"张清又问。

"辨别真假的方法比较多，比如上税务局网站查编号等。但是这个方法比较麻烦，每张都查的话，也不用做别的事了。其实见得多了，假的一看就能知道，只要对一些数额较大的或比较重要的原始凭证花些工夫验证一下就可以，一般的只要大概看着没问题就可以了。"

张清说："好的，我知道了。"

2.1.4 原始凭证的粘贴

张炜指着会计凭证册中的一页对张清说："你看这一页，这是凭证入账之前整理的结果。原始凭证往往大小不一，而且有些业务只有一两张，但是有些业务却可能有七八张，所以需要对这些凭证进行进一步的整理。"

张清看到的凭证粘贴页，如图2.3所示。

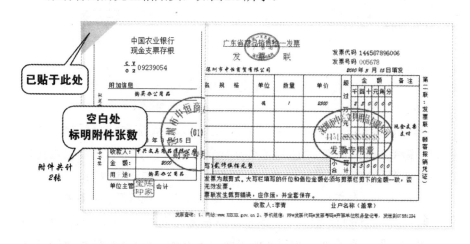

图2.3　凭证粘贴页

张炜指着这一页粘贴着凭证的白纸对张清说："你看这笔业务有两张凭证，一张是所购物品的发票，另一张是支付款项的现金支票存根。这两

张凭证在粘贴时，要在左上角错开一点贴上，一般来说比较大的就贴在下面，小一些的就贴在上面。"

张炜接着说："原始凭证粘贴时用什么贴，这个并没有很严格的规定，可以选择将等大的纸贴在记账凭证的背面，也可以另选一张小于记账凭证的纸粘贴。之所以选用等大纸张，主要是出于记账凭证整理和装订的方便，装订好之后也比较美观。在实际工作中，我们都是直接使用作废的记账凭证来粘贴的，如果没有作废的凭证，没用过的空的也可以。"

张清说："原来会计工作这么有意思啊，贴发票也有这么多讲究。"

张炜说："会计中的每一种习惯和制度，都有其中的深意，比如贴发票的时候，左上角为什么要错开一些呢，错开一些贴住后，如果有人想把发票撕掉，无论是从上面还是从下面，都会留有痕迹的，这样就能够避免发票装订后的遗失。"

张清说："让我看看……"

看了一会，张清说："哥，果然哦，确实不管怎么撕都会留有痕迹呢。"

张炜说："是的，你明天上班后，你们公司的老会计让你怎么做你就怎么做，看似不经意的一个小细节，其中也会有许多这样的门道，所以你一定不要随意去改动之前的一些会计传统。"

张清说："好的，我知道了，哥。"

2.1.5　记账凭证的填制

张炜点点头，然后继续讲解："原始凭证搞定之后，就要确定会计分录了，会计分录你学习的时候应该已经很熟了，我就不多说了，这个你不会完全可以大方地问你们会计部门的其他同事或是查书，我就不具体讲了。"

张清说："好的，哥，这一块我应该没什么问题。"

"那咱们来说说记账凭证吧。"张炜接过会计凭证册，向前翻了一页后，又递给张清，说道："确定了会计分录之后，就要进行填制记账凭证的过程。记账凭证在进行填制时，必须注意以下几项基本内容：

- 填制凭证的时间，一般都是当天填制凭证，所以写当日就可以了；
- 记账凭证的编号，这个编号要根据企业前期的编号方式来填写，比如我们公司，凭证要分收付转，所以2010年3月的第一个收款凭证的编号就是"收字第3001号"；
- 经济业务的摘要，要注意摘要要写得清楚明白，并且要简明扼要；
- 借方和贷方的会计科目，这是根据会计分录来填写的；

- 附件的张数，就是说本笔业务涉及的原始凭证共有几张；
- 制证、审核、记账、会计主管等有关人员的签章，刚填制完的记账凭证，一般只有制单处有签章。当记账凭证最终审核完成、登记账簿后，相关环节人员会一一在相应位置签章。"

张清抬头看了看张炜，说道："哥，我在对照之后，终于大致明白了凭证的填制过程和方法了，谢谢。"

填制完成的记账凭证，如下所示。

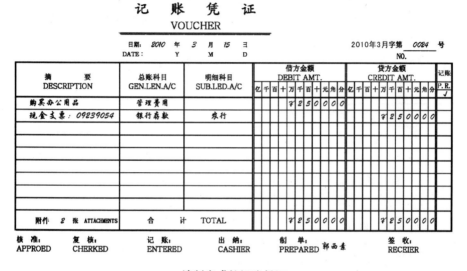

填制完成的记账凭证

2.2 会计凭证业务真账模拟

第二天，张清到叔叔的公司，决定先和目前的会计多学习点东西。

2.2.1 公司概况

张清所在的公司全称为"正翔电子设备有限公司"（本公司为虚构），主要在各地采购电子元器件，然后在自己的工厂中生产具有自主知识产权的电子设备。

2.2.2 期初余额表

2010年3月1日，张清正式上班，本月的期初余额，如表2.1所示。

表2.1 期初余额表

2010年3月1日

编号	科目名称	借方	贷方
1001	库存现金	2,000.00	—
1002	银行存款	1,330,020.68	—
1015	其他货币资金	123,500.00	—
1101	交易性金融资产	96,800.00	—
1121	应收票据	86,800.00	—
1122	应收账款	68,765.00	—
1123	预付账款	—	—
1131	应收股利	—	—
1132	应收利息	—	—
1231	其他应收款	5,600.00	—
1241	坏账准备	—	1,500.00
1321	代理业务资产	—	—
1401	材料采购	—	—
1402	用途物资	—	—
1403	原材料	325,353.43	—
1404	材料成本差异	—	—
1406	库存商品	201,250.00	—
1407	发出商品	—	—
1410	商品进销差价	—	—
1411	委托加工物资	123,500.00	—
	周转材料	152,000.00	—
1412	包装物及低值易耗品	—	—
1461	存货跌价准备	—	8,000.00
1501	待摊费用	—	—
	一年内到期的非流动资产	21,000.00	—
1521	持有至到期投资	57,300.00	—
1522	持有至到期投资减值准备	—	12,000.00
1523	可供出售金融资产	85,000.00	—
1524	长期股权投资	253,600.00	—

编号	科目名称	借方	贷方
1525	长期股权投资减值准备	—	15,000.00
1526	投资性房地产	250,000.00	—
1531	长期应收款		
1541	未实现融资收益		
1601	固定资产	685,900.00	—
1602	累计折旧	—	136,700.00
1603	固定资产减值准备	—	11,600.55
1604	在建工程	80,123.75	—
1605	工程物资	30,000.00	—
1606	固定资产清理	2,000.00	—
1701	无形资产	32,600.00	—
1702	累计摊销	—	20,000.00
1703	无形资产减值准备	—	2,300.95
1711	商誉	—	
1801	长期待摊费用	28,500.00	—
1811	递延所得税资产		
1901	待处理财产损溢		
2001	短期借款	—	502,500.00
2101	交易性金融负债	—	287,350.00
2201	应付票据		
2202	应付账款	—	416,360.00
2205	预收账款	—	
2211	应付职工薪酬	—	36,800.85
2221	应交税费	—	46,282.49
2231	应付股利	—	
2232	应付利息	—	—
2241	其他应付款	—	51,620.00
2314	代理业务负债	—	
2401	预提费用	—	
2411	预计负债		

编号	科目名称	借方	贷方
2501	递延收益	—	—
2601	长期借款	—	600,000.00
2602	长期债券	—	—
2801	长期应付款	—	70,000.00
2802	未确认融资费用	—	—
2811	专项应付款	—	—
2901	递延所得税负责	—	—
3101	衍生工具	—	—
3201	套期工具	—	—
3202	被套期项目	—	—
4001	实收资本	—	1,200,000.00
4002	资本公积	—	305,746.70
4101	盈余公积	—	214,100.35
4103	本年利润	—	—
4104	利润分配	—	224,800.88
4201	库存股	—	—
5001	生产成本	121,050.00	—
5101	制造费用	—	—
5201	劳务成本	—	—
5301	研发支出	—	—
6001	主营业务收入	—	—
6051	其他业务收入	—	—
6101	公允价值变动损益	—	—
6111	投资收益	—	—
6301	营业处收入	—	—
6401	主营业务成本	—	—
6402	其他业务支出	—	—
6405	营业税金及附加	—	—
6601	销售费用	—	—
6602	管理费用	—	—

续表

编号	科目名称	借方	贷方
6603	财务费用	—	—
6604	勘探费用	—	—
6701	资产减值损失		
6711	营业外支出	—	—
6801	所得税	—	—
6901	以前年度损益调整		
合计行		4,162,662.86	4,162,662.86

下面，张清就开始根据老会计的指点，对正翔公司的账务进行会计处理。

2.2.3 填制会计凭证

张清首先将原始凭证整理审核清楚，然后编制会计凭证。2010年正翔公司的会计业务如下：

业务1：提取现金

出纳去银行提取20000元现金，以备财务日常使用。

注意：一般情况下，企业的库存现金是会多备的，除非企业有特定用途，比如发工资、发奖金等。

记 账 凭 证
VOUCHER

日期：DATE： 2010 Y 年 3 M 月 1 D 日　　　转字第 3001 号 NO.

摘 要 DESCRIPTION	总账科目 GEN.LEN.A/C	明细科目 SUB.LED.A/C	借方金额 DEBIT AMT. 亿千百十万千百十元角分	贷方金额 CREDIT AMT. 亿千百十万千百十元角分	记账 P.R. √
提现	库存现金		￥2 0 0 0 0 0 0		
	银行存款			￥2 0 0 0 0 0 0	
附件 1 张 ATTACHMENTS	合　计 TOTAL		￥2 0 0 0 0 0 0	￥2 0 0 0 0 0 0	

核准： 复核： 记账： 出纳： 制单： 张清 签收：
APPROED CHERKED ENTERED CASHIER PREPARED RECEIER

附件1：现金支票存根

中国工商银行
现金支票存根

$\frac{C\ Y}{0\ 2}$ 09239054987

附加信息

提现

出票日期 2010 年 3 月 1 日

收款人：	正翔电子设备有限公司
金 额：	¥20000.00
用 途：	备用金

单位主管　　　会计

深圳市佳信印刷厂·2008年印制

业务2：发现现金短款

张清在盘点库存现金时，发现财务部库存现金实际金额与现金日记账账面金额不符，短款500元。

记　账　凭　证
VOUCHER

日期 DATE: 2010 年Y 3 月M 2 日D　　　　转字第 3002 号 NO.

摘　要 DESCRIPTION	总账科目 GEN.LEN.A/C	明细科目 SUB.LED.A/C	借方金额 DEBIT AMT.											贷方金额 CREDIT AMT.											记账 P.R.
			亿	千	百	十	万	千	百	十	元	角	分	亿	千	百	十	万	千	百	十	元	角	分	✓
发现现金短款	待处理财产损溢							¥	5	0	0	0	0												
	库存现金																		¥	5	0	0	0	0	
附件　张 ATTACHMENTS	合　计 TOTAL							¥	5	0	0	0	0					¥	5	0	0	0	0		

核准： APPROED　复核： CHERKED　记账： ENTERED　出纳： CASHIER　制单： PREPARED 张清　签收： RECEIER

附件1：现金余额对账表

现金余额对账表

2010年3月2日

部门	账面余额	实际盘点（面额数量）											备注
		100	50	20	10	5	2	1	1	0	0	合计	
财务部	22,000.00	210	5	5	7	11		17	12		20	21,500.00	短款500
行政部	-											-	平
人力资源部	-											-	平
业务部	-											-	平
合　计	22,000.00	210	5	5	7	11	0	17	12	0	20	21,500.00	

制单：张清

业务3：企业自建厂房，购入建筑材料

公司准备自建一栋新厂房，购入该项目所需要部分建筑材料，价款总额225000元。

记　账　凭　证
VOUCHER

日期：2010 年 3 月 2 日
DATE： Y M D

转字第 3003 号
NO.

摘　　要 DESCRIPTION	总账科目 GEN.LEN.A/C	明细科目 SUB.LED.A/C	借方金额 DEBIT AMT. 亿千百十万千百十元角分	贷方金额 CREDIT AMT. 亿千百十万千百十元角分	记账 P.R. √
企业自建厂房，购入建筑材料	在建工程		¥ 2 2 5 0 0 0 0 0		
	银行存款			¥ 2 2 5 0 0 0 0 0	
附件　张 ATTACHMENTS	合　计 TOTAL		¥ 2 2 5 0 0 0 0 0	¥ 2 2 5 0 0 0 0 0	

核准：　　　复核：　　　记账：　　　出纳：　　　制单：张清　　　签收：
APPROED　CHERKED　ENTERED　CASHIER　PREPARED　RECEIER

 附件1：建筑材料发票

北京市工商企业统一发票

发 票 联

发票代码　23917685456283
发票号码　2345654

客户名称：**正翔电子设备有限公司**　　　*2010* 年 *3* 月 *2* 日填发

品 名 规 格	单位	数量	单价		金　额								备 注
				超过百万元无效	十万	千	百	十	元	角	分		
水泥	吨	300	285			8	5	5	0	0	0		
钢筋	吨	25	3950			9	8	7	5	0	0		支票支付
红土砖	块	163000	0.25			4	0	7	5	0	0		
合计金额（大写）**贰拾贰万伍任元整**				小合写计	2	2	5	0	0	0	0		

说明	①本发票为裁剪式。大写栏填写的仟位和佰位金额必须与剪票栏剪下的金额一致，否则为无效发票。 ②发票联发生裁剪错误，应作废，并全套保存。

开票人：　　　　收款人：**周正**　　　　业户名称（盖章）

发票查询：1、网站:www.XXXXX.gov.cn 2、手机短信：FP#发票代码#发票号码#开票单位税务登记号，发送到07551234

第二联：发票联（顾客报销凭证）

 附件2：转账支票存根

中国工商银行
转账支票存根

$\frac{C\ Y}{0\ 2}$ 023456788

附加信息
支付购建筑材料货款

出票日期 2010 年 3 月 2 日

收款人：	**大兴建筑材料批发部**
金　额：	**￥225000.00**
用　途：	**建材货款**
单位主管	会计

深圳市佳信印刷厂 · 2008年印制

附件3：建筑材料入库单

入 库 单

部门： 仓库　　　　　　　2010年3月2日　　　　　　　NO.23457678

编号	品名	规格	单位	数量	单价	金额	备注
2001	水泥	50KG	吨	300	285	85,500.00	
2002	钢筋	XX毫米	吨	25	3950	98,750.00	
2004	红土砖		块	163000	0.25	40,750.00	
合计	（大写）贰拾贰万伍仟元整					￥225,000.00	

记账：　　　　　　　　　　　　　　　　经手人：　吴浩

业务4：借入工行短期借款

由于经营需要，从本市工商银行借入1年期短期借款120000元，借款利息按国家规定执行。

记 账 凭 证
VOUCHER

日期： 2010 年 3 月 3 日
DATE： Y M D

转字第 3004 号
NO.

摘　要 DESCRIPTION	总账科目 GEN.LEN.A/C	明细科目 SUB.LED.A/C	借方金额 DEBIT AMT. 亿 千 百 十 万 千 百 十 元 角 分	贷方金额 CREDIT AMT. 亿 千 百 十 万 千 百 十 元 角 分	记账 P.R.✓
借入工行短期借款	银行存款		￥ 1 2 0 0 0 0 0 0		
	短期借款			￥ 1 2 0 0 0 0 0 0	
附件　张 ATTACHMENTS	合　计　TOTAL		￥ 1 2 0 0 0 0 0 0	￥ 1 2 0 0 0 0 0 0	

核准：　　　复核：　　　记账：　　　出纳：　　　制单： 张清　　　签收：
APPROED　　CHERKED　　ENTERED　　CASHIER　　PREPARED　　RECEIER

 附件1：银行借款借据

借款借据（入账通知）

委托日期2010年3月3日　　　　　　　　编号：S3277888-0009877

收款单位	全　称	正翔电子设备有限公司	借款单位	全　称	工行北京市分行海淀分理处
	开户账号	12345678990		放款户账号	3456780098877
	开户银行	工行北京市分行		放款户银行	工行北京市分行
借款金额	人民币（大写）壹拾贰万元整				￥120,000.00
借款原因及用途：	扩大经营		借款计划指标		￥120,000.00

借款期限			你单位上列借款，已转入你单位结算账户内。借款到期时由我行按期自你单位结算账户内转还。
期次	计划还款日期	计划还款金额	
1	2012.3.2	120,000.00	
			2010年3月3日（银行盖章）

业务5：购设备一台，不需安装

向郑州市诚信机械厂购买生产设备一台，其型号为NF320 C，单价为284176元，不需要安装。

记 账 凭 证
VOUCHER

日期 DATE：2010 年Y　3 月M　5 日D　　　　　　转字第 3005 号 NO.

摘　要 DESCRIPTION	总账科目 GEN.LEN.A/C	明细科目 SUB.LED.A/C	借方金额 DEBIT AMT. 亿千百十万千百十元角分	贷方金额 CREDIT AMT. 亿千百十万千百十元角分	记账 P.R.
购设备一台，不需安装	银行存款			￥2 8 4 1 7 6 0 0	√
	固定资产		￥2 8 4 1 7 6 0 0		
附件 2 张 ATTACHMENTS	合　计 TOTAL		￥2 8 4 1 7 6 0 0	￥2 8 4 1 7 6 0 0	

核准： APPROED　　复核： CHERKED　　记账： ENTERED　　出纳： CASHIER　　制单： PREPARED 张清　　签收： RECEIER

附件1：所购设备的发票

<table>
<tr><td colspan="6" rowspan="2"></td><td rowspan="2"></td><td>发票代码</td><td>23917685456283</td><td rowspan="10">第二联：发票联（顾客报销凭证）</td></tr>
<tr><td>发票号码</td><td>2345654</td></tr>
</table>

河南省工商企业统一发票

发 票 联

客户名称：正翔电子设备有限公司　　　　　　　　　2010 年 3 月 5 日填发

品　名　规　格	单位	数量	单价	超过百万元无效	金　额								备 注
					十万	千	百	十	元	角	分	
自控设备NJ320-C	台	1	284.176.00		2	8	4	1	7	6	0	0	支票支付

合计金额	（大写）	贰拾捌万肆仟壹佰柒拾陆元整	小合计写	2	8	4	1	7	6	0	0

说明	①本发票为裁剪式。大写栏填写的仟位和佰位金额必须与剪票栏剪下的金额一致，否则为无效发票。 ②发票联发生裁剪错误，应作废，并全套保存。

开票人：　　　　　　收款人：李小华　　　　　　业户名称（盖章）

发票查询：1、网站:www.XXXXX.gov.cn 2、手机短信：FP#发票代码#发票号码#开票单位税务登记号，发送到07551234

附件2：转账支票存根

中国工商银行
转账支票存根

$\frac{C}{0}\frac{Y}{2}$ 023456788

附加信息

购买NJ320-C设备一台

深圳市佳信印刷厂·2008年印制

出票日期 2010 年 3 月 5 日

收款人：	郑州诚信机械厂
金　额：	￥284176.00
用　途：	购货款

单位主管　　　　会计

附件3：设备入库单

入 库 单

部门：仓库　　　　　　2010年3月5日　　　　　　NO.23457678

编号	品名	规格	单位	数量	单价	金额	备注
SB23	生产设备	NF320-C	台	1	284,176.00	284,176.00	
合计	（大写）貳拾捌万肆仟壹佰柒拾陆元整					￥284,176.00	

记账：　　　　　　　　　　　　　　　　　　　　经手人：　　吴浩

业务6：销售产品一批

向大正公司销售产品一批，价税合计为11700元，其中增值税进项税额为1700元。该款项尚未收回。

记 账 凭 证
VOUCHER

日期：2010 年 3 月 5 日　　　　　　转字第 3006 号
DATE：　Y　M　D　　　　　　NO.

摘要 DESCRIPTION	总账科目 GEN.LEN.A/C	明细科目 SUB.LED.A/C	借方金额 DEBIT AMT. 亿千百十万千百十元角分	贷方金额 CRREDIT AMT. 亿千百十万千百十元角分	记账 P.R. √
销售产品一批	应收账款	大正公司	￥1 1 7 0 0 0 0		
	主营业务收入			￥1 0 0 0 0 0 0	
	应交税费	应交增值税（进项税额）		￥1 7 0 0 0 0	
附件　张 ATTACHMENTS	合　计　TOTAL		￥1 1 7 0 0 0 0	￥1 1 7 0 0 0 0	

核准：　　复核：　　　　记账：　　　　出纳：　　　制单：张清　　　签收：
APPROED　CHERKED　　ENTERED　　CASHIER　　PREPARED　　RECEIER

附件1：销售增值税票

北京市增值税专用发票
记 账 联

2010年3月5日　　　　　　　NO. 2337665569000011

购货单位	名　称	北京市大正电子有限公司		税务登记号		101199876238980							
	地址、电话	010-34567890		开户银行及账号		工行北京市分行海淀分理处							

货物或应税劳务名称	规格型号	计量单位	数量	单价	金额 十万千百十元角分	税率（%）	金额 十万千百十元角分
电子设备	DZ003	台	100	100	￥1 0 0 0 0 0 0	17%	￥1 7 0 0 0 0

价税合计	人民币（大写）	壹万壹仟柒佰元整	￥11,700.00

销货单位	名　称	正翔电子设备有限公司	税务登记号	38777666899987700
	地址、电话	010-87965566	开户银行及账号	工商银行北京市分行海淀分理处

第三联 记账联

单位盖章：　　　　收款人：　　　　复核：　　　　开票人： 林亦可

 附件2：库存商品出库单

出 库 单

部门： 成品仓库　　　　2010年3月5日　　　　编号： 0222567

编号	品名	规格	单位	数量	单价	金额	备注
	电子设备	一等	台	100	100.00	10,000.00	
合计	（大写）壹万元整					￥10,000.00	

负责人：　　　　　　　　经手人： 魏晨

业务 7：汇票到期，款存入银行

企业持有的无息商业汇票到期，金额计 86800 元，相应款项已到银行进账。

记 账 凭 证
VOUCHER

日期： 2010 年 3 月 6 日　　　　　　　转字第 3007 号
DATE： Y　　M　　D　　　　　　　　　　NO.

摘　要 DESCRIPTION	总账科目 GEN.LEN.A/C	明细科目 SUB.LED.A/C	借方金额 DEBIT AMT.										贷方金额 CREDIT AMT.										记账 P.R. √
			亿	千	百	十	万	千	百	十	元	角	分	亿	千	百	十	万	千	百	十	元	角	分	
汇票到期，款存入银行	银行存款				￥	8	6	8	0	0	0	0													
	应收票据															￥	8	6	8	0	0	0	0	
附件　张 ATTACHMENTS	合　计　TOTAL				￥	8	6	8	0	0	0	0					￥	8	6	8	0	0	0	0	

核准：　　　复核：　　　记账：　　　出纳：　　　制单： 张清　　　签收：
APPROED　　CHERKED　　ENTERED　　CASHIER　　PREPARED　　RECEIER

附件 1：银行进账单

中国工商银行进账单（收款通知）

2010年3月6日　　　　　　　　　　编号：　 SG2345671

付款单位	全　称	深圳市大兴工厂		收款单位	全　称	正翔电子设备有限公司
	账号或地址	3889000987765			账号或地址	1234567899045670000
	汇出地点	深圳市　汇出行名称　工行深圳市支行			汇入地点	北京市　汇入行名称　工行北京市分行
金额	人民币（大写） 捌万陆仟捌佰元整				￥ 86,800.00	
用途： 货款						
单位主管：　　会计：　　复核：			汇出行盖章			

业务8：收到新股东周林投资资产

记 账 凭 证
VOUCHER

日期：2010 年 3 月 6 日　　　　　　　　　　　　　　转字第 3008 号
DATE： Y　　M　　D　　　　　　　　　　　　　　　　NO.

摘　　要 DESCRIPTION	总账科目 GEN.LEN.A/C	明细科目 SUB.LED.A/C	借方金额 DEBIT AMT.										贷方金额 CREDIT AMT.										记账 P.R. √
			亿	千	百	十	万	千	百	十	元	角	分	亿	千	百	十	万	千	百	十	元	角	分	
收到新股东周林投资资产	银行存款			¥	5	0	0	0	0	0	0	0													
	实收资本														¥	5	0	0	0	0	0	0	0		
附件 2 张 ATTACHMENTS	合　计　TOTAL			¥	5	0	0	0	0	0	0	0			¥	5	0	0	0	0	0	0	0	

核准：　　　复核：　　　记账：　　　出纳：　　　制单：张清　　　签收：
APPROED　　CHERKED　　ENTERED　　CASHIER　　PREPARED　　RECEIER

■ 附件1：资金缴款单

工商银行缴款单

缴款日期：2010年3月6日

缴 款 单 位	全　称	正翔电子设备有限公司											
	开户行	工商银行北京市分行海淀分理处	账号	2234566777777									
款项来源		自筹资金	现金出纳 计划项目										
人民币（大写）伍拾万元整				千	百	十	万	千	百	十	元	角	分
					5	0	0	0	0	0	0	0	
本缴款单位金额，业已全数收讫。			会计分录	借：＿＿＿＿＿ 贷：＿＿＿＿＿									
银行出纳收款章　　　收款员章				复核员　　　　记账员									

此联由银行盖章后退回缴款单位

📓 附件2：现金收据

收 款 收 据

2010年3月6日　　　　　　　　NO. 23457098

今收到　**周林先生**	第一联　存根
投入资金	
金额（大写）**伍拾万元整**	
附注：**周林先生为新入股东**	

收款人：**郑一**

业务9：短款由出纳周慧个人赔偿

日前查出的财务部现金短款500元，公司决定由出纳周慧个人赔偿。

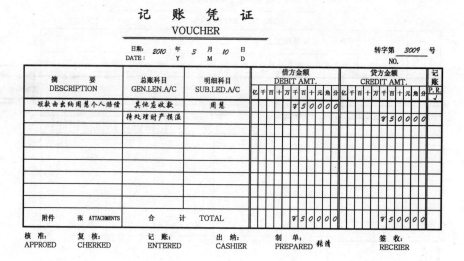

记 账 凭 证
VOUCHER

日期：2010 年 3 月 10 日　　　　　转字第 3009 号
DATE：　　Y　　M　　D　　　　　　NO.

摘　要 DESCRIPTION	总账科目 GEN.LEN.A/C	明细科目 SUB.LED.A/C	借方金额 DEBIT AMT. 亿千百十万千百十元角分	贷方金额 CREDIT AMT. 亿千百十万千百十元角分	记账 P.R. √
短款由出纳周慧个人赔偿	其他应收款	周慧	￥50000		
	待处理财产损溢			￥50000	
附件　张 ATTACHMENTS	合　计　TOTAL		￥50000	￥50000	

核准：　　复核：　　　记账：　　　出纳：　　　制单：张清　　　签收：
APPROED　CHERKED　ENTERED　CASHIER　PREPARED　　RECEIER

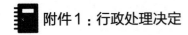 附件1：行政处理决定

关于财务部现金短款的处理决定

日前，财务部的现金盘点中，库存现金实际存量与账面余额不符，短款500元。

经公司多方调查，确定造成此次短款的原因是出纳人员工作失职所致，其赔偿责任由出纳周慧一人承担。同时，出纳周慧的工资按原级别降低一级处理。

正翔电子设备有限公司
行政部　财务部
2010年3月10日

业务10：接受国外基金捐赠

收到国外某基金捐赠的资金5万元，其中应交所得税为16500元，其余资金纳入公司资产本公积科目中。

记 账 凭 证
VOUCHER

日期 DATE：2010 年Y 3 月M 10 日D　　　转字第 3010 号 NO.

摘　要 DESCRIPTION	总账科目 GEN.LEN.A/C	明细科目 SUB.LED.A/C	借方金额 DEBIT AMT.										贷方金额 CREDIT AMT.										记账 P.R. √
			亿	千	百	十	万	千	百	十	元	角	分	亿	千	百	十	万	千	百	十	元	角	分	
接受国外基金捐赠	银行存款				¥	5	0	0	0	0	0	0													
	应交税费	应交所得税															¥	1	6	5	0	0	0	0	
	资本公积																¥	3	3	5	0	0	0	0	
附件　张 ATTACHMENTS	合　计　TOTAL				¥	5	0	0	0	0	0	0				¥	5	0	0	0	0	0	0	

核准：APPROED　复核：CHERKED　记账：ENTERED　出纳：CASHIER　制单：PREPARED 张清　签收：RECEIER

附件1：银行进账单

中国工商银行进账单（收款通知）

2010年3月10日　　　　　　　　　编号：　S3234567/

付款单位	全　称	美国A&B基金会			收款单位	全　称	正翔电子设备有限公司	
	账　号或地址	3889000987765				账　号或地址	1234567899045670000	
	汇出地点	纽约市	汇出行名称	联邦银行XXX分行		汇入地点	北京市	汇入行名称	工行北京市分行
金额	人民币（大写）伍万元整							￥50,000.00
用途：现金捐赠								
单位主管：　　会计：　　复核：						汇出行盖章		

附件2：捐赠协议（略）

业务11：张清预借差旅费

张清需要到外地讨要货款，现预借差旅费5000元。

记　账　凭　证
VOUCHER

日期：2010 年 3 月 10 日　　　　　　转字第　3011　号
DATE：　Y　M　D　　　　　　　　　　　NO.

摘　要DESCRIPTION	总账科目GEN.LEN.A/C	明细科目SUB.LED.A/C	借方金额DEBIT AMT. 亿千百十万千百十元角分	贷方金额CREDIT AMT. 亿千百十万千百十元角分	记账P.R. √
张清预借差旅费	其他应收款	张清	￥500000		
	库存现金			￥500000	
附件　　张 ATTACHMENTS	合　计　TOTAL		￥500000	￥500000	

核准：　　复核：　　　记账：　　　出纳：　　制单：张清　　　　签收：
APPROED　CHERKED　　ENTERED　　CASHIER　　PREPARED　　　　RECEIER

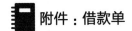

附件：借款单

借 款 单

2010年3月14日

部门	财务部	借款人	张清	借款事由	差旅费
借款金额	金额（大写）伍仟元整				￥5,000.00
部门领导批示			上级领导批示		

借款申请人： 张清

业务12：开办费摊销

企业开办期间的费用，每月需摊销2005元。

记 账 凭 证
VOUCHER

日期： DATE： 2010 年 Y 3 月 M 11 日 D   转字第 3012 号 NO.

摘 要 DESCRIPTION	总账科目 GEN.LEN.A/C	明细科目 SUB.LED.A/C	借方金额 DEBIT AMT. 亿千百十万千百十元角分	贷方金额 CREDIT AMT. 亿千百十万千百十元角分	记账 P.R. √
开办费摊销	管理费用		￥2 0 0 5 0 0		
	长期待摊费用			￥2 0 0 5 0 0	
附件 张 ATTACHMENTS	合 计 TOTAL		￥2 0 0 5 0 0	￥2 0 0 5 0 0	

核准： APPROED   复核： CHERKED   记账： ENTERED   出纳： CASHIER   制单： PREPARED 张清   签收： RECEIER

📓 **附件：长期待摊费用摊销表**

长期待摊费用摊销表

费用来源	正翔公司开办期间开办费用
费用余额	120,300.00
预计摊销期限	5年
每月摊销额	2,005.00

业务13：购买原材料

从广州兴威批发行批发一批电子元器件，价税合计29250元，其中增值税额为4250元，本款项已由支票支付。

记 账 凭 证
VOUCHER

日期：2010 年 3 月 13 日
DATE： Y M D

转字第 3013 号
NO.

摘　　要 DESCRIPTION	总账科目 GEN.LEN.A/C	明细科目 SUB.LED.A/C	借方金额 DEBIT AMT.											贷方金额 CREDIT AMT.											记账 P.R.
			亿	千	百	十	万	千	百	十	元	角	分	亿	千	百	十	万	千	百	十	元	角	分	
购买原材料	原材料				￥	2	5	0	0	0	0	0													√
	应交税费	应交增值税（销项税额）			￥		4	2	5	0	0	0													
	银行存款															￥	2	9	2	5	0	0	0	
附件　张 ATTACHMENTS	合　计　TOTAL				￥	2	9	2	5	0	0	0				￥	2	9	2	5	0	0	0		

核　准：　　　　复　核：　　　　记　账：　　　　出　纳：　　　　制　单：张清　　　　签　收：
APPROED　　　CHERKED　　　ENTERED　　　CASHIER　　　PREPARED　　　RECEIER

附件1：原材料发票

广州市增值税专用发票
发 票 联

2010年3月13日   NO. 2337665569000011

购货单位	名 称	正翔电子设备有限公司				税务登记号		38777666899987700															
	地址、电话	010-87965566				开户银行及账号		工商银行北京市分行海淀分理处															

货物或应税劳务名称	规格型号	计量单位	数量	单价	金 额									税率(%)	金 额							
					十	万	千	百	十	元	角	分		十	万	千	百	十	元	角	分
电子元器件		个	10000	2.5	￥	2	5	0	0	0	0	0	17%		￥	4	2	5	0	0	0

价税合计 人民币（大写） 贰万玖仟贰佰伍拾元整   ￥29,250.00

销货单位	名 称	广州市兴盛批发行	税务登记号	87776639375756474384
	地址、电话	020-34567899	开户银行及账号	工商银行

单位盖章：   收款人：   复核：   开票人：林亦可

第三联 发票联

 附件2：转账支票存根

中国工商银行
转账支票存根

$\frac{C\ Y}{0\ 2}$ 02344567765

附加信息
购入原材料一批

出票日期 2010 年 3 月 13 日

收款人：	广州兴盛批发行
金 额：	￥29,250.00
用 途：	购货款

单位主管   会计

深圳市佳信印制厂 · 2008年印制

业务14：销售产品一批

销售新型智能恒温器1000台，价税合计327483元，其中增值税额为47583元，此款项尚未收到。

记 账 凭 证
VOUCHER

日期：2010 年 3 月 13 日
DATE： Y M D

转字第 3014 号
NO.

摘　要 DESCRIPTION	总账科目 GEN.LEN.A/C	明细科目 SUB.LED.A/C	借方金额 DEBIT AMT. 亿千百十万千百十元角分	贷方金额 CREDIT AMT. 亿千百十万千百十元角分	记账 P.R. √
销售产品一批	应收账款	大正公司	￥327483 00		
	主营业务收入			￥279900 00	
	应交税费	应交增值税(销项税额)		￥47583 00	
附件　张 ATTACHMENTS	合　计　TOTAL		￥327483 00	￥327483 00	

核准 APPROED　复核 CHERKED　记账 ENTERED　出纳 CASHIER　制单 PREPARED 张清　签收 RECEIER

📓 **附件1：产品销售发票**

北京市增值税专用发票
记 账 联

2010年3月13日　　　　NO.233766556900011

购货单位	名　称	大正电子有限公司	税务登记号	1011998762389800
	地址、电话	010-34567890	开户银行及账号	工行北京市分行海淀分理处

货物或应税劳务名称	规格型号	计量单位	数量	单价	金额 十万千百十元角分	税率 (%)	金额 十万千百十元角分
智能恒温器	A型	台	1000	279.9	279900 00	17%	47583 00

价税合计	人民币(大写)	叁拾贰万柒仟肆佰捌拾叁元整	￥327,483.00

销货单位	名　称	正翔电子设备有限公司	税务登记号	38777666899987700
	地址、电话	010-87965566	开户银行及账号	工商银行北京市分行海淀分理处

单位盖章：　　　收款人：　　　复核：　　　开票人：林亦可

第三联 记账联

附件 2：产品出库单

出 库 单

部门：*成品仓库*　　　　　*2010年3月13日*　　　　　编号：*0222567*

编号	品名	规格	单位	数量	单价	金额	备注
	智能恒温器	*A型*	*台*	*1000*	*279.90*	*279,900.00*	
合计	（大写）*贰拾柒万玖仟玖佰元整*					*￥279,900.00*	

负责人：　　　　　　　　　经手人：　*魏晨*

业务 15：准备出售旧设备一台

企业现用的一台设备，有其他企业出价购买，该设备原价190000元，已提折旧52500元。

记 账 凭 证
VOUCHER

日期：*2010*年 *3*月 *13*日　　　　　　转字第 *3015* 号
DATE：　　Y　　M　　D　　　　　　　　NO.

摘　要 DESCRIPTION	总账科目 GEN.LEN.A/C	明细科目 SUB.LED.A/C	借方金额 DEBIT AMT.											贷方金额 CREDIT AMT.											记账 P.R.
			亿	千	百	十	万	千	百	十	元	角	分	亿	千	百	十	万	千	百	十	元	角	分	√
准备出售旧设备一台	*固定资产清理*				￥	1	3	7	5	0	0	0	0												
	累计折旧				￥	5	2	5	0	0	0	0													
	固定资产															￥	1	9	0	0	0	0	0	0	
附件　张 ATTACHMENTS	合　计 TOTAL				￥	1	9	0	0	0	0	0	0			￥	1	9	0	0	0	0	0	0	

核　准　　复　核：　　记　账：　　出　纳：　　制　单：*张清*　　签　收：
APPROED　CHERKED　　ENTERED　　CASHIER　　PREPARED　　RECEIER

附件1：固定资产清理清单

固定资产清理清单

固定资产名称	NF250设备		购入时间	2005年3月
原值	190,000.00元	累计计提折旧		52,500.00元
使用部门	恒温器生产车间	需清理数量		1
目前状况	运转良好			
清理原因	有企业希望高价购回使用，现有设备也需要技术更新			
负责人	使用部门		经手人	
签字： 2010年3月13日	签字： 2010年3月13日		签字： 2010年3月13日	

附件2：设备出库单

出 库 单

部门：恒温器生产车间　　　2010年3月13日　　　编号：0222567

编号	品名	规格	单位	数量	单价	金额	备注
	NF250设备		台	1	190,000.00	190,000.00	
合计	（大写）壹拾玖万元整					¥ 190,000.00	

负责人：　　　　　　　　　　　经手人：　魏晨

业务 16：向工行缴纳信用证保证金

由于企业的业务需要，需办理信用证，办理时需向工行缴纳相应的保证金 200000 元。

记 账 凭 证
VOUCHER

日期：2010 年 3 月 14 日
DATE: Y M D

转字第 3016 号
NO.

摘　要 DESCRIPTION	总账科目 GEN.LEN.A/C	明细科目 SUB.LED.A/C	借方金额 DEBIT AMT.										贷方金额 CREDIT AMT.										记账 P.R.
			亿	千	百	十	万	千	百	十	元	角	分	亿	千	百	十	万	千	百	十	元	角	分	✓
向工行缴纳信用证保证金	其他货币资金	信用证保证金			￥	2	0	0	0	0	0	0	0											
	银行存款															￥	2	0	0	0	0	0	0	0
附件　张 ATTACHMENTS	合　计　TOTAL				￥	2	0	0	0	0	0	0	0			￥	2	0	0	0	0	0	0	0

核准：　　　复核：　　　记账：　　　出纳：　　　制单：张清　　　签收：
APPROED　　CHERKED　　ENTERED　　CASHIER　　PREPARED　　RECEIER

附件：缴款单

中国工商银行进账单（收款通知）

2010年3月14日　　　　　编号：S3234567I

付款单位	全　称	正翔电子设备有限公司	收款单位	全　称	工行北京市分行
	账　号或地址	1234567899045670000		账　号或地址	100000000000001
	汇出地点	北京市	汇出行名称 工行北京市分行		汇入地点 北京市	汇入行名称 工行北京市分行

金额	人民币（大写）贰拾万元整	￥200,000.00

用途：信用证保证金

| 单位主管：　　　会计：　　　复核： | 汇出行盖章 |

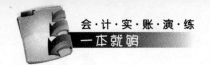
业务17：张清报销差旅费，还借款

张清出差回来，报销差旅费用2580元，交回剩余款2420元。

记 账 凭 证
VOUCHER

日期：2010 年 3 月 14 日　　　　转字第 3017 号
DATE：Y　　M　　D　　　　　　　　NO.

摘　要 DESCRIPTION	总账科目 GEN.LEN.A/C	明细科目 SUB.LED.A/C	借方金额 DEBIT AMT. 亿千百十万千百十元角分	贷方金额 CREDIT AMT. 亿千百十万千百十元角分	记账 P.R. √
张清报销差旅费，还借款	销售费用	差旅费	￥258000		
	库存现金		￥242000		
	其他应收款			￥500000	
附件 6 张 ATTACHMENTS	合　计　TOTAL		￥500000	￥500000	

核准：　　复核：　　　记账：　　　出纳：　　　制单：张清　　　签收：
APPROED　CHERKED　ENTERED　CASHIER　PREPARED　　　RECEIER

📓 **附件1：差旅费报销单**

差旅费报销单

部门：财务部　　　　　2010年3月14日

出差人			张清			出差事由	收回销售款			
出发			返回			交通工具	交通费		其他费用	
月	日	时	地点	月	日	时	地点	单据张数	金额	项目	单据张数	金额

出发 月	日	时	地点	返回 月	日	时	地点	交通工具	单据张数	金额	项目	单据张数	金额
3	13	6	北京				广州	飞机	1	1,320.00	住宿费		
			广州				北京		1	1,260.00	市内车费		
											邮电费		
											办公用品费		
											不买卧铺补贴		
											其他费用		

合计	报销总额	人民币(大写)	贰仟伍佰捌拾元整		￥2,580.00
预借金额	￥5,000.00	补领金额		报销人：（签名）张清	
		退还金额	2,420.00		

附件2：收款收据

收 款 收 据

2010年3月14日　　　　NO. 23457098

今收到　　**财务部张清**

交回剩余差旅费预借款

金额(大写)　**贰仟肆佰贰拾元整**

附注：

第
一
联

存
根

收款人：**郑一**

业务18：出售旧设备一台，款存入银行

将旧设备售出，卖得150000元。

记 账 凭 证
VOUCHER

日期：2010 年 3 月 15 日　　　　　　转字第 3018 号
DATE：　　Y　　M　　D　　　　　　　　NO.

摘　要 DESCRIPTION	总账科目 GEN.LEN.A/C	明细科目 SUB.LED.A/C	借方金额 DEBIT AMT.										贷方金额 CREDIT AMT.										记账 P.R. √
			亿	千	百	十	万	千	百	十	元	角	分	亿	千	百	十	万	千	百	十	元	角	分	
出售旧设备一台，款存入银行	银行存款			¥	1	5	0	0	0	0	0	0	0											
	固定资产清理														¥	1	5	0	0	0	0	0	0	0
附件　张 ATTACHMENTS	合　计　TOTAL			¥	1	5	0	0	0	0	0	0	0		¥	1	5	0	0	0	0	0	0	0

核准：　　　复核：　　　记账：　　　出纳：　　　制单：张清　　　签收：
APPROED　　CHERKED　　ENTERED　　CASHIER　　PREPARED　　RECEIER

附件1：设备销售发票

广东省□海企业□一发票

发 票 联

发票代码　23917685456283
发票号码　2345654

客户名称：北京市大兴电子厂　　　　　　2010 年 3 月 15 日填发

品　名　规　格	单位	数量	单价	金 额								备 注
				十	万	千	百	十	元	角	分	
NT250设备	台	1	150,000.00	1	5	0	0	0	0	0	0	

超过百万元无效

支票支付

第二联：发票联（顾客报销凭证）

合计金额（大写）	壹拾伍万元整	小合计	写	1	5	0	0	0	0	0	0

说明　①本发票为裁剪式。大写栏填写的仟位和佰位金额必须与剪票栏剪票下的金额一致，否则为无效发票。
②发票联发生裁剪错误，应作废，并全套保存。

开票人：　　　　　　收款人：李小华　　　　　　业户名称（盖章）

发票查询：1、网站:www.XXXXX.gov.cn 2、手机短信：FP#发票代码#发票号码#开票单位税务登记号，发送到07551234

附件2：转账支票进账单

进　账　单 (回单)

2010年3月15日

出票人	全　称	北京市大兴电子厂	收款人	全　称	正翔电子设备有限公司									
	账　号	28776555446789900000		账　号	123456789045670000									
	开户银行	工行北京市支行		开户银行	工行北京市分行海淀分理处									
金额（大写）	人民币	壹拾伍万元整			亿	千	百	十	万	千	百	十	元	角	分
							￥	1	5	0	0	0	0	0	0
票据种类	转账支票	票据张数	1	备 注										
票据号码	245678													

复核　记账

业务19：清理固定资产

设备售出后，所得款较其原值扣除已提折旧多出12500元，计入营业外收入。

记 账 凭 证
VOUCHER

日期：2010 年 3 月 15 日
DATE： Y M D

转字第 3019 号
NO.

摘 要 DESCRIPTION	总账科目 GEN.LEN.A/C	明细科目 SUB.LED.A/C	借方金额 DEBIT AMT. 亿 千 百 十 万 千 百 十 元 角 分	贷方金额 CREDIT AMT. 亿 千 百 十 万 千 百 十 元 角 分	记账 P.R. √
清理固定资产	固定资产清理		￥1 2 5 0 0 0 0		
	营业外收入			￥1 2 5 0 0 0 0	
附件 张 ATTACHMENTS	合 计 TOTAL		￥1 2 5 0 0 0 0	￥1 2 5 0 0 0 0	

核 准： APPROED　复 核： CHERKED　记 账： ENTERED　出 纳： CASHIER　制 单： PREPARED 张清　签 收： RECEIER

📓 附件：固定资产清理清单

固定资产清理清单

资产名称	NJ250设备			购入时间	2005年3月
原 值	190000.00元	累计计提折旧	52500.00元	未折旧价值	137500
使用部门	恒温器生产车间		目前状况	运转良好	
清理结果	清理支出	0.00元	净损失(收益额) 12,500.00元		
	售出价格	150000.00元			
	购买单位	北京大兴电子厂			
	备 注		经手人 签字： 2010年3月15日		

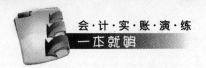

业务20：购买模具

向广州兴威批发行购得模具一套，价款总计2547元。

记 账 凭 证
VOUCHER

日期 DATE：2010 年Y 3 月M 16 日D   转字第 3020 号 NO.

摘　要 DESCRIPTION	总账科目 GEN.LEN.A/C	明细科目 SUB.LED.A/C	借方金额 DEBIT AMT. 亿千百十万千百十元角分	贷方金额 CREDIT AMT. 亿千百十万千百十元角分	记账 P.R.J
购买模具	固定资产		￥2 5 4 7 0 0		
	银行存款			￥2 5 4 7 0 0	
附件　张 ATTACHMENTS	合　计 TOTAL		￥2 5 4 7 0 0	￥2 5 4 7 0 0	

核准：APPROED   复核：CHERKED   记账：ENTERED   出纳：CASHIER   制单：PREPARED 张清   签收：RECEIER

 **附件1：模具发票**

广东省商品销售统一发票

发 票 联

发票代码　144567896006
发票号码　005678

客户名称：正翔电子设备有限公司   2010 年 3 月16日填发

品 名 规 格	单位	数量	单价	金 额 千百十元角分	备 注
模具	套	1	2547	2 5 4 7 0 0	支票支付

（超过百万元无效）

合计金额 （大写）	贰仟伍佰肆拾柒元整	小合 写计	2 5 4 7 0 0

说明
①本发票为裁剪式。大写栏填写的仟位和佰位金额必须与剪票栏剪下的金额一致，否则为无效发票。
②发票联发生裁剪错误，应作废，并全套保存。

开票人：   收款人：李青   业户名称（盖章）

发票查询：1、网站:www.XXXXX.gov.cn 2、手机短信：FP#发票代码#发票号码#开票单位税务登记号，发送到07551234

附件2：转账支票存根

中国工商银行
转账支票存根
$\frac{C}{0}\frac{Y}{2}$023456786545

附加信息

购入模具一套

出票日期 2010 年 3 月 16 日

收款人：	广州兴盛批发行
金 额：	￥2547.00
用 途：	购货款

单位主管　　　会计

附件3：模具入库单

入　库　单

部门：仓库　　　　2010年3月16日　　　　NO.23457678

编号	品名	规格	单位	数量	单价	金额	备注
	模具		套	1	2,547.00	2,547.00	
合计	（大写）贰仟伍佰肆拾柒元整					￥2,547.00	

记账：　　　　　　　　　　　　　　　经手人：　吴浩

业务21：使用信用证保证金支付货款

在成都购得所需二极管，使用信用证付款，银行直接从信用证保证金中支付货款180000元。

记 账 凭 证
VOUCHER

日期：2010 年 3 月 16 日
DATE： Y M D

转字第 3021 号
NO.

摘　要 DESCRIPTION	总账科目 GEN.LEN.A/C	明细科目 SUB.LED.A/C	借方金额 DEBIT AMT.									贷方金额 CREDIT AMT.									记账 P.R.√
			亿	千	百	十	万	千	百	十	元	角	分	亿	千	百	十	万	千	百	十	元	角	分	
使用信用证保证金支付货款	库存商品			￥	1	8	0	0	0	0	0	0											
	其他货币资金	信用证保证金												￥	1	8	0	0	0	0	0	0	
附件　张 ATTACHMENTS	合　计　TOTAL			￥	1	8	0	0	0	0	0	0		￥	1	8	0	0	0	0	0	0	

核准：　　　复核：　　　记账：　　　出纳：　　　制单：张清　　　签收：
APPROED　CHERKED　ENTERED　CASHIER　PREPARED　　RECEIER

📓 附件1：二极管发票

成都市商品销售统一发票

发票联

发票代码　144567896006
发票号码　005678

客户名称：正翔电子设备有限公司　　　2010 年 3 月 16 日填发

品 名 规 格	单位	数量	单价		金　额							备注
					十万	千	百	十	元	角	分	
二极管	箱	300	600	超过百万元无效	1	8	0	0	0	0	0	支票支付
合计金额 （大写）	壹拾捌万元整			小合	写计	1	8	0	0	0	0	0

说明：
①本发票为裁剪式。大写栏填写的仟位和佰位金额必须与剪票栏剪下的金额一致，否则为无效发票。
②发票联发生裁剪错误，应作废，并全套保存。

开票人：　　　收款人：李青　　　业户名称（盖章）

第二联：发票联（顾客报销凭证）

发票查询：1、网站:www.XXXXX.gov.cn 2、手机短信：FP#发票代码#发票号码#开票单位税务登记号，发送到07551234

附件2：转账支票存根

中国工商银行
转账支票存根

$\frac{C\ Y}{0\ 2}$ 023400886550

附加信息
支付购二极管货款

出票日期 2010 年 3 月 16 日

收款人：	成都武王庙电子批发部
金 额：	￥180,000.00
用 途：	货款

单位主管　　　　会计

深圳市佳信印制厂 · 2008年印制

业务22：垫付信港公司原材料运杂费

在信港公司购买的原材料，其运杂费2000元本应由对方承担，经协商后，暂由公司垫支，款项抵扣公司的原材料货款。

记 账 凭 证
VOUCHER

日期 DATE: 2010 年 Y 3 月 M 17 日 D

转字第 3022 号 NO.

摘　要 DESCRIPTION	总账科目 GEN.LEN.A/C	明细科目 SUB.LED.A/C	借方金额 DEBIT AMT. 亿千百十万千百十元角分	贷方金额 CREDIT AMT. 亿千百十万千百十元角分	记账 P.R. √
垫付信港公司原材料运杂费	应付账款	信港公司	￥2 0 0 0 0 0		
	银行存款			￥2 0 0 0 0 0	
附件　张 ATTACHMENTS	合　计　TOTAL		￥2 0 0 0 0 0	￥2 0 0 0 0 0	

核准： APPROED　　复核： CHERKED　　记账： ENTERED　　出纳： CASHIER　　制单： PREPARED 张清　　签收： RECEIER

51

附件1：原材料运杂费发票

北京市运输企业统一发票

发 票 联

发票代码 1445234567666
发票号码 02345009

客户名称：正翔电子设备有限公司　　　　　　　2010年3月17日填发

品　名　规　格	单位	数量	单价	超过万元无效	金　额						备注
					千	百	十	元	角	分	
运费			2000		2	0	0	0	0	0	
											支票支付

合计金额	（大写）贰仟元整	小写合计	2	0	0	0	0	0

说	①本发票为裁剪式。大写栏填写的仟位和佰位金额必须与剪票栏剪下的金额一致，否则为无效发票。
明	②发票联发生裁剪错误，应作废，并全套保存。

开票人：　　　　　　收款人：李青　　　　　业户名称（盖章）

发票查询：1、网站:www.XXXXX.gov.cn 2、手机短信:FP#发票代码#发票号码#开票单位税务登记号，发送到07551234

第二联：发票联（顾客报销凭证）

附件2：转账支票存根

中国工商银行
转账支票存根

C Y
0 2 　023456786545

附加信息

整付信港公司运杂费

出票日期 2010 年 3 月 17 日

收款人：	顺风快递公司
金　额：	￥2000.00
用　途：	运杂费

单位主管　　　　　会计

业务23：购入原材料，款未付

从信港公司购得原材料一批，金额计67860元，其中增值税进项税额为9860元。该批材料已入库，款项还未支付，如下图所示。

记 账 凭 证
VOUCHER

日期: 2010 年 3 月 17 日
DATE: Y M D

转字第 3023 号
NO.

摘 要 DESCRIPTION	总账科目 GEN.LEN.A/C	明细科目 SUB.LED.A/C	借方金额 DEBIT AMT. 亿千百十万千百十元角分	贷方金额 CREDIT AMT. 亿千百十万千百十元角分	记账 P.R. √
购入原材料，款未付	原材料		¥5 8 0 0 0 0 0		
	应交税费	应交增值税(进项税额)	¥9 8 6 0 0 0		
	应付账款	信港公司		¥6 7 8 6 0 0 0 0	
附件 张 ATTACHMENTS	合 计 TOTAL		¥6 7 8 6 0 0 0	¥6 7 8 6 0 0 0	

核准: APPROED　复核: CHERKED　记账: ENTERED　出纳: CASHIER　制单: PREPARED 张清　签收: RECEIER

附件1：原材料发票

广州市增值税专用发票
发 票 联

2010年3月17日　　NO. 2337665569000011

购货单位	名 称	正翔电子设备有限公司	税务登记号	3877766899987700
	地址、电话	010-87965566	开户银行及账号	工商银行北京市分行海淀分理处

货物或应税劳务名称	规格型号	计量单位	数量	单价	金 额 十万千百十元角分	税率(%)	金 额 十万千百十元角分
电子元器件		个	2500	23.2	¥5 8 0 0 0 0 0	17%	¥9 8 6 0 0 0

价税合计	人民币(大写)	陆万柒仟捌佰陆拾元整	¥67,860.00

销货单位	名 称	广州市兴威批发行	税务登记号	8777663937575647434
	地址、电话	020-34567899	开户银行及账号	工商银行

单位盖章:　　收款人:　　复核:　　开票人: 林亦可

第三联 发票联

附件2：原材料入库单

入　库　单

部门：仓库　　　　　　2010年3月17日　　　　　　NO.23457694

编号	品名	规格	单位	数量	单价	金额	备注
	电子元器件		个	2500	27.14	67.860.00	
合计	(大写) 陆万柒仟捌佰陆拾元整					67.860.00	

记账：　　　　　　　　　　　　　　经手人：　吴浩

业务24：销售产品一批

向广州中华机械厂销售电脑恒温器25台，价款总计3500000元，对方支票已存入银行。

记　账　凭　证
VOUCHER

日期 DATE：2010 年Y 3 月M 17 日D　　　　　　转字第 3024 号 NO.

摘　要 DESCRIPTION	总账科目 GEN.LEN.A/C	明细科目 SUB.LED.A/C	借方金额 DEBIT AMT. 亿千百十万千百十元角分	贷方金额 CREDIT AMT. 亿千百十万千百十元角分	记账 P.R.
销售产品一批	银行存款		￥3 5 0 0 0 0 0 0 0		√
	主营业务收入			￥3 5 0 0 0 0 0 0 0	
附件　张 ATTACHMENTS	合　计 TOTAL		￥3 5 0 0 0 0 0 0 0	￥3 5 0 0 0 0 0 0 0	

核准： APPROED　　复核： CHERKED　　记账： ENTERED　　出纳： CASHIER　　制单： PREPARED 张清　　签收： RECEIER

附件1：产品销售发票

北京市工商企业统一发票

记账联

发票代码 23917685456283

发票号码 2345654

客户名称：广州中华电子机械厂　　2010 年 3 月 17 日填发

品名规格	单位	数量	单价	超过千万元无效	金额 百	十	万	千	百	十	元	角	分	备注
NF250设备	台	25	140,000.00		3	5	0	0	0	0	0	0	0	支票支付
合计金额（大写）	叁佰伍拾万元整			小写合计	3	5	0	0	0	0	0	0	0	

说明：①本发票为裁剪式。大写栏填写的仟位和佰位金额必须与剪票栏剪下的金额一致，否则为无效发票。②发票联发生裁剪错误，应作废，并全套保存。

第二联：记账联（销售单位记账联）

开票人：　　收款人：李小华　　业户名称（盖章）

发票查询：1、网站:www.XXXXX.gov.cn 2、手机短信：FP#发票代码#发票号码#开票单位税务登记号，发送到07551234

附件2：银行进账单

进 账 单（回单）

2010年3月17日

出票人	全称	广州中华电子机械厂	收款人	全称	正翔电子设备有限公司
	账号	287763456786700000		账号	1234567899045670000
	开户银行	工行广州市支行		开户银行	工行北京市分行海淀分理处

金额	人民币（大写）	亿	千	百	十	万	千	百	十	元	角	分
	叁佰伍拾万元整		¥	3	5	0	0	0	0	0	0	0

票据种类	转账支票	票据张数	1	备注
票据号码	245678456309			
复核　记账				

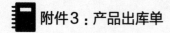附件3：产品出库单

出 库 单

部门： 恒温器生产车间　　　2010年3月17日　　　　　　　编号：0222567

编号	品名	规格	单位	数量	单价	金额	备注
	TX250设备		台	25	140.000.00	3.500.000.00	
合计	（大写）叁佰伍拾万元整					3.500.000.00	

负责人：　　　　　　　　　　　　　经手人：　　魏晨

业务25：汇往公司成都建行账户款

公司在成都采购原材料，所以在当地设立采购银行账户，并汇入200000元作为采购资金。

记 账 凭 证
VOUCHER

日期： 2010 年 3 月 18 日　　　　　　　　　转字第 3025 号
DATE：　　　Y　　M　　D　　　　　　　　　　NO.

摘　要 DESCRIPTION	总账科目 GEN.LEN.A/C	明细科目 SUB.LED.A/C	借方金额 DEBIT AMT.										贷方金额 CREDIT AMT.										记账 P.R. √
			亿	千	百	十	万	千	百	十	元	角	分	亿	千	百	十	万	千	百	十	元	角	分	
汇往公司成都建行账户款	其他货币资金	外埠存款		￥	2	0	0	0	0	0	0	0													
	银行存款														￥	2	0	0	0	0	0	0	0		
附件　　张 ATTACHMENTS	合　计	TOTAL		￥	2	0	0	0	0	0	0	0			￥	2	0	0	0	0	0	0	0		

核准：　　　复核：　　　　记账：　　　　出纳：　　　　制单：张清　　　　签收：
APPROED　　CHERKED　　　ENTERED　　　CASHIER　　　PREPARED　　　RECEIER

附件：银行电汇单

中国工商银行电汇凭证(回单)

2010年3月18日   编号： S32345671

付款单位	全 称	正翔电子设备有限公司	收款单位	全 称	正翔电子设备有限公司
	账 号或地址	2234566777777		账 号或地址	23987698745678 7000
	汇 出地 点	北京市	汇出行名称	工行北京市分行海淀分理处	汇 入地 点	成都市	汇入行名称	建行成都市支行

金额	人民币（大写）贰拾万元整	¥200,000.00

汇款用途：外埠存款	汇出行盖章
单位主管：　　会计：　　复核：	

业务26：购入办公用品一批

购买办公用品一批，价款合计450元。

记 账 凭 证
VOUCHER

日期 DATE： 2010 年Y 3 月M 19 日D

转字第 3026 号 NO.

摘　　要DESCRIPTION	总账科目GEN.LEN.A/C	明细科目SUB.LED.A/C	借方金额 DEBIT AMT. 亿千百十万千百十元角分	贷方金额 CREDIT AMT. 亿千百十万千百十元角分	记账P.R.
购入办公用品一批	管理费用		¥45000		
	银行存款			¥45000	
附件　　张 ATTACHMENTS	合　计 TOTAL		¥45000	¥45000	

核准：APPROED　复核：CHERKED　记账：ENTERED　出纳：CASHIER　制单：张清 PREPARED　签收：RECEIER

附件1：办公用品发票

北京市商品销售统一发票

发 票 联

发票代码 144567896006
发票号码 005678

客户名称：正翔电子设备有限公司　　2010 年 3 月 19 日填发

第二联：发票联（顾客报销凭证）

品 名 规 格	单位	数量	单价	超过万元无效	金 额						备 注
					千	百	十	元	角	分	
圆珠笔	箱	1	450			4	5	0	0	0	支票支付

合计金额（大写）	肆佰伍拾元整	小写合计		4	5	0	0	0

说 明	①本发票为裁剪式。大写栏填写的仟位和佰位金额必须与剪票栏剪下的金额一致，否则为无效发票。 ②发票联发生裁剪错误，应作废，并全套保存。

开票人：　　　　收款人：李青　　　　业户名称（盖章）

发票查询：1、网站:www.XXXXX.gov.cn 2、手机短信：FP#发票代码#发票号码#开票单位税务登记号，发送到07551234

附件2：转账支票存根

中国工商银行
转账支票存根

C Y
0 2　023400886545

附加信息

购入办公用品

出票日期 2010 年 3 月 19 日

收款人	天天办公用品
金 额：	￥450.00
用 途：	货款

单位主管　　　会计

业务27：计提本月员工工资

计提本月员工的工资550000元。

记　账　凭　证
VOUCHER

日期：2010 年 3 月 19 日　　　　　　　　转字第 _3027_ 号
DATE： Y　M　D　　　　　　　　　　　　NO.

摘　要 DESCRIPTION	总账科目 GEN.LEN.A/C	明细科目 SUB.LED.A/C	借方金额 DEBIT AMT. 亿千百十万千百十元角分	贷方金额 CREDIT AMT. 亿千百十万千百十元角分	记账 P.R. √
计提本月员工工资	管理费用		￥2 0 0 0 0 0 0		
	销售费用		￥3 0 0 0 0 0 0		
	生产成本		￥5 0 0 0 0 0 0		
	应付职工薪酬	工资		￥5 5 0 0 0 0 0 0	
附件　张 ATTACHMENTS	合　计　TOTAL		￥5 5 0 0 0 0 0 0	￥5 5 0 0 0 0 0 0	

核准：　　复核：　　　记账：　　　出纳：　　　制单：张清　　　签收：
APPROED　CHERKED　　ENTERED　　CASHIER　　PREPARED　　　RECEIER

 附件：部门工资费用表

部门工资费用表
2010年3月31日　　　　　　　　　单位：元

部　门	应发工资	福利费					总计薪酬	备注
		社保	住房公积金	工会经费	职工教育经费	福利合计		
生产部一	287.568.50	100.887.42	22.311.50	4.521.50	3.193.00	130.913.42	418.481.92	
生产部二	212.431.50	77.831.14	16.566.74	4.062.90	3.125.80	101.586.58	314.018.08	
业务部	30.000.00	7.568.70	3.509.15	1.587.15	1.285.00	13.950.00	43.950.00	
行政部	14.285.50	2.991.68	873.39	636.19	509.10	5.010.36	19.295.86	
财务部	5.714.50	3.221.06	739.22	192.26	137.10	4.289.64	10.004.14	
合　计	550.000.00	192.500.00	44.000.00	11.000.00	8.250.00	255.750.00	805.750.00	

董事长　　　总经理　　　经理　　　会计　　　制表：周林

业务28：报销吴天浩工伤医药费

员工吴天浩因工伤，花费医药费2549元，由公司全额报销。

记 账 凭 证
VOUCHER

日期：2010 年 3 月 20 日
DATE：Y M D

转字第 3028 号
NO.

摘要 DESCRIPTION	总账科目 GEN.LEN.A/C	明细科目 SUB.LED.A/C	借方金额 DEBIT AMT. 亿千百十万千百十元角分	贷方金额 CREDIT AMT. 亿千百十万千百十元角分	记账 P.R.√
报销吴天浩工伤医药费	应付职工薪酬	福利费	￥254900		
	银行存款			￥254900	
附件　张 ATTACHMENTS	合　计　TOTAL		￥254900	￥254900	

核准：　　复核：　　记账：　　出纳：　　制单：张清　　签收：
APPROED　CHERKED　ENTERED　CASHIER　PREPARED　RECEIER

 附件1：医药费发票

北京市医药企业统一发票

发　票　联

发票代码 144567896006
发票号码 005678

客户名称：吴天浩

2010 年 3 月 16 日填发

品　名　规　格	单位	数量	单价	超过万元无效	金　额 千百十元角分	备注
医药费			2547		254900	
						支票支付

合计金额（大写）	贰仟伍佰肆拾玖元整	小合计	写	254900

说明　①本发票为裁剪式。大写栏填写的仟位和佰位金额必须与剪票栏剪下的金额一致，否则为无效发票。
　　　②发票联发生裁剪错误，应作废，并全套保存。

开票人：　　　　收款人：李青　　　　业户名称（盖章）

发票查询：1、网站：www.XXXXX.gov.cn 2、手机短信：FP#发票代码#发票号码#开票单位税务登记号，发送到07551234

附件2：医药费收费清单

北京市门诊收费清单

姓名：吴天浩　　　　　　　　　　　　　NO.3456-0098

项目	金　额	项目	金　额
西药	495.60	输氧费	
中成药	548.00	手术费	970.40
中草药		治疗费	
常规检查	450.00	放射	
C T		化验	85.00
核 磁		输血费	
B 超			
合　　计		2,549.00	
人民币(大写)		贰仟伍佰肆拾玖元整	
收款员	00288	日　　期	2010年3月15日

附件3：现金支票存根

中国工商银行
现金支票存根

$\frac{CY}{02}$ 023400886545

附加信息

报销吴天浩工伤医药费

出票日期 2010 年 3 月 20 日

收款人：	吴天浩
金　额：	￥2549.00
用　途：	医药费

单位主管　　　　会计

业务29：计提本月五险一金两费

计提本月需缴纳的五险一金两费，总计255750元。

记 账 凭 证
VOUCHER

日期： 2010 年 3 月 20 日
DATE： Y M D

转字第 3029 号
NO.

摘要 DESCRIPTION	总账科目 GEN.LEN.A/C	明细科目 SUB.LED.A/C	借方金额 DEBIT AMT. 亿千百十万千百十元角分	贷方金额 CREDIT AMT. 亿千百十万千百十元角分	记账 P.R. √
计提本月五险一金两费	管理费用		¥9 3 0 0 0 0		
	销售费用		¥1 3 9 5 0 0 0		
	生产成本		¥2 3 2 5 0 0 0 0		
	应付职工薪酬	社会保险费		¥1 9 2 5 0 0 0 0	
	应付职工薪酬	住房公积金		¥4 4 0 0 0 0 0	
	应付职工薪酬	工会经费		¥1 1 0 0 0 0 0	
	应付职工薪酬	职工教育经费		¥8 2 5 0 0 0	
附件 张 ATTACHMENTS	合 计 TOTAL		¥2 5 5 7 5 0 0 0	¥2 5 5 7 5 0 0 0	

核准： APPROED　复核： CHERKED　记账： ENTERED　出纳： CASHIER　制单： PREPARED 张清　签收： RECEIER

业务30：银行退回剩余信用证保证金

信用证保证金支付完货款后，余款20000元退回公司账户。

记 账 凭 证
VOUCHER

日期： 2010 年 3 月 20 日
DATE： Y M D

转字第 3030 号
NO.

摘要 DESCRIPTION	总账科目 GEN.LEN.A/C	明细科目 SUB.LED.A/C	借方金额 DEBIT AMT. 亿千百十万千百十元角分	贷方金额 CREDIT AMT. 亿千百十万千百十元角分	记账 P.R. √
银行退回剩余信用证保证金	银行存款		¥2 0 0 0 0 0 0		
	其他货币资金	信用证保证金		¥2 0 0 0 0 0 0	
附件 张 ATTACHMENTS	合 计 TOTAL		¥2 0 0 0 0 0 0	¥2 0 0 0 0 0 0	

核准： APPROED　复核： CHERKED　记账： ENTERED　出纳： CASHIER　制单： PREPARED 张清　签收： RECEIER

附件：银行进账单

中国工商银行进账单（收款通知）

2010年3月20日　　　　　　　　编号：　SZ2345671

<table>
<tr>
<td rowspan="3">付款单位</td>
<td>全 称</td>
<td colspan="2">工行北京市分行</td>
<td rowspan="3">收款单位</td>
<td>全 称</td>
<td colspan="2">正翔电子设备有限公司</td>
</tr>
<tr>
<td>账 号
或地址</td>
<td colspan="2">100000000000001</td>
<td>账 号
或地址</td>
<td colspan="2">1234567899045670000</td>
</tr>
<tr>
<td>汇出
地点</td>
<td>北京市</td>
<td>汇出行名称 工行北京市分行</td>
<td>汇入
地点</td>
<td>北京市</td>
<td>汇入行名称 工行北京市分行</td>
</tr>
<tr>
<td>金额</td>
<td colspan="3">人民币（大写）贰万元整</td>
<td colspan="3">￥20,000.00</td>
</tr>
<tr>
<td colspan="4">用途：退回信用证保证金余款</td>
<td colspan="3"></td>
</tr>
<tr>
<td colspan="4">单位主管：　　会计：　　复核：</td>
<td colspan="3">汇出行盖章</td>
</tr>
</table>

业务31：存款利息

银行结转第一季度存款利息15389.26元。

记 账 凭 证
VOUCHER

日期：2010 年 3 月 21 日　　　　　　　转字第 3031 号
DATE： Y M D　　　　　　　　　　　　NO.

摘　要 DESCRIPTION	总账科目 GEN.LEN.A/C	明细科目 SUB.LED.A/C	借方金额 DEBIT AMT. 亿 千 百 十 万 千 百 十 元 角 分	贷方金额 CREDIT AMT. 亿 千 百 十 万 千 百 十 元 角 分	记账 P.R.
存款利息	银行存款		￥1 5 3 8 9 2 6		√
	财务费用			￥1 5 3 8 9 2 6	
附件　张 ATTACHMENTS	合　计　TOTAL		￥1 5 3 8 9 2 6	￥1 5 3 8 9 2 6	

核准：　　复核：　　记账：　　出纳：　　制单：张清　　签收：
APPROED　CHERKED　ENTERED　CASHIER　PREPARED　　RECEIER

附件：银行利息回单

中国工商银行利息回单

2010年3月21日   编号：SЗ2345671

付款单位	全称	工行北京市分行海淀分理处	收款单位	全称	工行北京市分行正翔电子设备有限公司
	账号或地址	100000000000001		账号或地址	1234567899045670000
	开户银行	工行北京市分行海淀分理处		开户银行	工行北京市分行海淀分理处

积数：	利率：	利息： 15,389.26元
第一季度：￥15,389.26元	银行盖章	

业务32：票据贴现

将基础电子厂的银行承兑汇票贴现，该汇票的票面价值为189540元，支付贴现利息及手续费15000元后，实际贴现所得为174540元。

记 账 凭 证
VOUCHER

日期 DATE： 2010 年 3 月 21 日
Y M D

转字第 3032 号
NO.

摘要 DESCRIPTION	总账科目 GEN.LEN.A/C	明细科目 SUB.LED.A/C	借方金额 DEBIT AMT. 亿千百十万千百十元角分	贷方金额 CREDIT AMT. 亿千百十万千百十元角分	记账 P.R. √
票据贴现	银行存款		￥174540 00		
	财务费用		￥15000 00		
	应收票据			￥189540 00	
附件　张 ATTACHMENTS	合　计　TOTAL		￥189540 00	￥189540 00	

核准：APPROED　复核：CHERKED　记账：ENTERED　出纳：CASHIER　制单：PREPARED 张清　签收：RECEIER

附件：银行进账单

进 账 单 (回单)

2010年3月21日

<table>
<tr><td rowspan="3">出票人</td><td>全　称</td><td>北京市基础电子厂</td><td rowspan="3">收款人</td><td>全　称</td><td colspan="2">正翔电子设备有限公司</td></tr>
<tr><td>账　号</td><td>287763456786700000</td><td>账　号</td><td colspan="2">1234567899045670000</td></tr>
<tr><td>开户银行</td><td>工行北京市分行海淀分理处</td><td>开户银行</td><td colspan="2">工行北京市分行海淀分理处</td></tr>
<tr><td rowspan="2">金额</td><td>人民币
（大写）</td><td colspan="2">壹拾捌万玖仟伍佰肆拾元整</td><td colspan="2">亿 千 百 十 万 千 百 十 元 角 分
￥ 1 8 9 5 4 0 0 0</td></tr>
<tr><td colspan="4" rowspan="2">备　注</td></tr>
<tr><td>票据种类</td><td>银行汇票</td><td>票据张数</td><td>1</td></tr>
<tr><td></td><td>票据号码</td><td colspan="2">245678456309</td><td colspan="3"></td></tr>
<tr><td></td><td colspan="3" align="center">复核　　记账</td><td colspan="3"></td></tr>
</table>

业务33：销售产品一批

销售电子设备1620台，价税合计为189540元，其中增值税销项税额为27540元，对方开出30天期的银行承兑汇票。

记 账 凭 证
VOUCHER

日期 DATE: 2010 年 Y 3 月 M 21 日 D　　　　转字第 3033 号 NO.

摘　要 DESCRIPTION	总账科目 GEN.LEN.A/C	明细科目 SUB.LED.A/C	借方金额 DEBIT AMT. 亿 千 百 十 万 千 百 十 元 角 分	贷方金额 CREDIT AMT. 亿 千 百 十 万 千 百 十 元 角 分	记账 P.R. √
销售产品一批	应收票据		￥1 8 9 5 4 0 0 0		
	主营业务收入			￥1 6 2 0 0 0 0 0	
	应交税费	应交增值税（销项税额）		￥2 7 5 4 0 0 0	
附件　张 ATTACHMENTS	合　计 TOTAL		￥1 8 9 5 4 0 0 0	￥1 8 9 5 4 0 0 0	

核准：　　复核：　　记账：　　出纳：　　制单： 张清　　签收：
APPROED　CHERKED　ENTERED　CASHIER　PREPARED　RECEIER

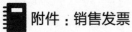 附件：销售发票

北京市增值税专用发票
记 账 联

2010年3月21日 NO.2337665569000011

购货单位	名 称	北京市基础电子厂	税务登记号	101199876238980O																		
	地址、电话	010-34567890	开户银行及账号	工行北京市分行海淀分理处																		

货物或应税劳务名称	规格型号	计量单位	数量	单价	金 额								税率(%)	金 额							
					十	万	千	百	十	元	角	分		十	万	千	百	十	元	角	分
电子设备	DZ003	台	1620	100	1	6	2	0	0	0	0	0	17%		2	7	5	4	0	0	0

价税合计	人民币（大写）	壹拾捌万玖仟伍佰肆拾元整	￥189,540.00

销货单位	名 称	正翔电子设备有限公司	税务登记号	38777666899987700
	地址、电话	010-87965566	开户银行及账号	工商银行北京市分行海淀分理处

第三联 记账联

单位盖章：　　　收款人：　　　复核：　　　开票人：林亦可

业务34：使用成都建行账户支付货款

在成都购买二极管一批，货款总计180000元，此款项由公司在当地的建行账户支付。

记 账 凭 证
VOUCHER

日期 DATE: 2010年 Y 3月 M 22日 D　　　　转字第 3034 号 NO.

摘 要 DESCRIPTION	总账科目 GEN.LEN.A/C	明细科目 SUB.LED.A/C	借方金额 DEBIT AMT.											贷方金额 CREDIT AMT.											记账 P.R. √
			亿	千	百	十	万	千	百	十	元	角	分	亿	千	百	十	万	千	百	十	元	角	分	
使用成都建行账户支付货款	库存商品				1	8	0	0	0	0	0	0	0												
	其他货币资金	外埠存款														1	8	0	0	0	0	0	0	0	
附件　张 ATTACHMENTS	合 计 TOTAL		￥		1	8	0	0	0	0	0	0	0	￥		1	8	0	0	0	0	0	0	0	

核准： APPROED　复核： CHERKED　记账： ENTERED　出纳： CASHIER　制单：张清 PREPARED　签收： RECEIER

附件1：转账支票存根

中国建设银行
转账支票存根
C Y
0 2 023400886550

附加信息
支付购原材料二极管款

出票日期 2010 年 3 月 22 日

收款人：	成都武王高电子批发部
金　额：	￥180,000.00
用　途：	货款

单位主管　　　会计

深圳市佳信印刷厂　2008年印制

附件2：购货发票

成都市商品销售统一发票

发　　票　　联

发票代码　144567896006
发票号码　005678

客户名称：正翔电子设备有限公司　　　　　　2010 年 3 月 22 日填发

品　名　规　格	单位	数量	单价	超过百万元无效	金　额							备注
					十	万	千	百	十元	角	分	
二极管	箱	300	600		1	8	0	0	0	0	0	支票支付
合计金额 （大写）	壹拾捌万元整			小合	写	1	8	0	0	0	0	0

说明	①本发票为裁剪式。大写栏填写的仟位和佰位金额必须与剪票栏剪下的金额一致，否则为无效发票。
	②发票联发生裁剪错误，应作废，并全套保存。

开票人：　　　　　　收款人：李青　　　　　　业户名称（盖章）

发票查询：1、网站:www.XXXXX.gov.cn 2、手机短信：FP#发票代码#发票号码#开票单位税务登记号，发送到07551234

第二联：发票联（顾客报销凭证）

业务35：转回成都建行账户余款

成都采购任务完成后，剩余的20000元余款，电汇回公司基本账户。

记 账 凭 证
VOUCHER

日期：2010 年 3 月 22 日
DATE：Y　　M　　D

转字第 3035 号
NO.

摘　要 DESCRIPTION	总账科目 GEN.LEN.A/C	明细科目 SUB.LED.A/C	借方金额 DEBIT AMT. 亿千百十万千百十元角分	贷方金额 CREDIT AMT. 亿千百十万千百十元角分	记账 P.R. √
转回成都建行账户余款	银行存款		￥2 0 0 0 0 0 0		
	其他货币资金	外埠存款		￥2 0 0 0 0 0 0	
附件　　张 ATTACHMENTS	合　计　TOTAL		￥2 0 0 0 0 0 0	￥2 0 0 0 0 0 0	

核准：　　　复核：　　　　记账：　　　　　出纳：　　　　制单：张清　　　　　签收：
APPROED　　CHERKED　　ENTERED　　　CASHIER　　PREPARED　　　　RECEIER

附件：银行电汇凭证

中国建设银行　　电汇凭证（回单）

2010年3月22日　　　　　编号：SZ2345671

付款单位	全　称	正翔电子设备有限公司	收款单位	全　称	正翔电子设备有限公司	
	账号或地址	23987698745678 7000		账号或地址	2234566777777	
	汇出地点	成都市	汇出行名称 建行成都市支行	汇入地点	北京市	汇入行名称 工行北京市分行海淀分理处

金额	人民币（大写）贰万元整		￥20000.00

汇款用途：外埠存款转回

汇出行盖章

单位主管：　　　会计：　　　复核：

68

业务 36：应付账款无法偿付

公司所欠大宇公司的购原材料款，因种种原因无法完全偿付，现经双方协议，大宇公司同意公司只支付 350000 元即可，50000 元免付。

记 账 凭 证
VOUCHER

日期：2010 年 3 月 23 日
DATE： Y M D

转字第 3036 号
NO.

摘 要 DESCRIPTION	总账科目 GEN.LEN.A/C	明细科目 SUB.LED.A/C	借方金额 DEBIT AMT. 亿 千 百 十 万 千 百 十 元 角 分	贷方金额 CREDIT AMT. 亿 千 百 十 万 千 百 十 元 角 分	记账 P.R. √
债务重组	应付账款		¥ 4 0 0 0 0 0 0 0		
	银行存款			¥ 3 5 0 0 0 0 0 0	
	营业外收入	债务重组利得		¥ 5 0 0 0 0 0 0	
附件 张 ATTACHMENTS	合 计 TOTAL		¥ 4 0 0 0 0 0 0 0	¥ 4 0 0 0 0 0 0 0	

核 准： 复 核： 记 账： 出 纳： 制 单：张清 签 收：
APPROED CHERKED ENTERED CASHIER PREPARED RECEIER

附件 1：银行电汇凭证

中国工商银行电汇凭证（回单）

2010 年 3 月 23 日 编号： SZ2345671

	全 称	正翔电子设备有限公司		全 称	北京市大宇电子元件厂
付款单位	账 号 或地址	2234566777777	收款单位	账 号 或地址	239876987456787000
	汇出地点	北京市	汇出行名称：工行北京市分行海淀分理处	汇入地点	北京市	汇入行名称：工行海淀分理处

金额	人民币（大写）叁拾伍万元整	¥ 350,000.00

汇款用途：货款		
单位主管： 会计： 复核：	汇出行盖章	

附件2：资金往来专用发票

北京大宇公司资金往来专用发票

发 票 联

发票代码　144567896006
发票号码　005678

客户名称：**正翔电子设备有限公司**　　　2010 年 3 月 23 日填发

品　名　规　格	单位	数量	单价		金　额	备注
				超过百万元无效	十万千百十元角分	
债务重组					3 5 0 0 0 0 0 0	

合计金额	（大写）**叁拾伍万元整**	小写合计	3 5 0 0 0 0 0

说明　①本发票为裁剪式。大写栏填写的仟位和佰位金额必须与剪票栏剪下的金额一致，否则为无效发票。
②发票联发生裁剪错误，应作废，并全套保存。

开票人：　　　收款人：**李青**　　　业户名称（盖章）

发票查询：1、网站:www.XXXXX.gov.cn 2、手机短信：FP#发票代码#发票号码#开票单位税务登记号，发送到07551234

第二联：发票联（顾客报销凭证）

业务37：本月工程修建人员工资及福利费

本月参与公司工程建设的员工，其工资总额为334，580元，福利费计4988元，计入工程造价中。

记　账　凭　证
VOUCHER

日期：2010 年 3 月 25 日
DATE：　Y　　M　　D

转字第　3037　号
NO.

摘　要 DESCRIPTION	总账科目 GEN.LEN.A/C	明细科目 SUB.LED.A/C	借方金额 DEBIT AMT.										贷方金额 CREDIT AMT.										记账 P.R. √
			亿	千	百	十	万	千	百	十	元	角	分	亿	千	百	十	万	千	百	十	元	角	分	
本月工程修建人员工资及福利费	在建工程				￥	3	3	9	5	6	8	0	0											
	应付职工薪酬	工资														￥	3	3	4	5	8	0	0	0
	应付职工薪酬	福利费																￥	4	9	8	8	0	0
附件　张 ATTACHMENTS	合　计 TOTAL				￥	3	3	9	5	6	8	0	0			￥	3	3	9	5	6	8	0	0

核准：　　复核：　　记账：　　出纳：　　制单：**张清**　　签收：
APPROED　CHERKED　ENTERED　CASHIER　PREPARED　　RECEIER

附件：工程人员工资费用表

工程人员工资费用表

2010年3月25日

项 目	金 额	备 注
工资	334.580.00	
福利费	4.988.00	
合 计	339.568.00	

业务38：购买现金支票和转账支票各5本

记 账 凭 证
VOUCHER

日期：2010 年 3 月 25 日
DATE： Y M D

转字第 3038 号
NO.

摘 要 DESCRIPTION	总账科目 GEN.LEN.A/C	明细科目 SUB.LED.A/C	借方金额 DEBIT AMT.										贷方金额 CREDIT AMT.										记账 P.R. √
			亿	千	百	十	万	千	百	十	元	角	分	亿	千	百	十	万	千	百	十	元	角	分	
购买现金支票和转账支票各5本	财务费用							￥	2	2	5	0	0												
	银行存款																		￥	2	2	5	0	0	
附件 张 ATTACHMENTS	合 计 TOTAL							￥	2	2	5	0	0						￥	2	2	5	0	0	

核准： 复核： 记账： 出纳： 制单：张清 签收：
APPROED CHERKED ENTERED CASHIER PREPARED RECEIER

附件1：银行收费凭证

中国工商银行　收费（转账）凭证（第一联）

2010年3月25日

交费单位：正翔电子设备有限公司　　账　号：1234567899045670000

种类	份数	单价	金额								备注
			万	千	百	十	元	角	分	
工本费	10	5				5	0	0	0	
现金支票手续费	5	15				7	5	0	0	
转账支票手续费	5	20			1	0	0	0	0	
合　计（大写）　贰佰贰拾伍元整			￥	2	2	5	0	0		

附件2：转账支票存根

中国工商银行
转账支票存根

C Y
0 2 023400886545

附加信息
购入现金支票和转账支票

出票日期 2010 年 3 月 25 日

收款人：	工商银行
金　额：	￥225.00
用　途：	购支票款

单位主管　　　　会计

深圳市佳信印刷厂·2008年印制

业务39：收回大正公司所欠货款

大正公司还回之前所欠货款，共计11700元，款项已存入银行。

记 账 凭 证
VOUCHER

日期：2010 年 3 月 25 日　　　　　　　　　　　转字第 3039 号
DATE：　　Y　　M　　D　　　　　　　　　　　　NO.

摘　要 DESCRIPTION	总账科目 GEN.LEN.A/C	明细科目 SUB.LED.A/C	借方金额 DEBIT AMT. 亿千百十万千百十元角分	贷方金额 CREDIT AMT. 亿千百十万千百十元角分	记账 P.R. √
收回大正公司所欠货款	应收账款	大正公司	￥1 1 7 0 0 0 0		
	银行存款			￥1 1 7 0 0 0 0	
附件　张 ATTACHMENTS	合　计　TOTAL		￥1 1 7 0 0 0 0	￥1 1 7 0 0 0 0	

核准：　　复核：　　　记账：　　　出纳：　　　制单：张清　　　　签收：
APPROED　CHERKED　ENTERED　CASHIER　PREPARED　　　RECEIER

■ 附件：银行进账单

进 账 单 (回单)

2010年3月25日

出票人	全　称	北京市大正电子有限公司	收款人	全　称	正翔电子设备有限公司
	账　号	287763456786700000		账　号	1234567899045670000
	开户银行	工行北京市分行海淀分理处		开户银行	工行北京市分行海淀分理处

金额	人民币 (大写)	壹万壹仟柒佰元整	亿千百十万千百十元角分 ￥1 1 7 0 0 0 0

票据种类	转账支票	票据张数	1	备　注
票据号码	245678456309			

复核　　　记账

业务40：支付本月广告费

支付本月的广告费用6000元。

记 账 凭 证
VOUCHER

日期： 2010 年 3 月 25 日
DATE： Y M D

转字第 3040 号
NO.

摘 要 DESCRIPTION	总账科目 GEN.LEN.A/C	明细科目 SUB.LED.A/C	借方金额 DEBIT AMT. 亿千百十万千百十元角分	贷方金额 CREDIT AMT. 亿千百十万千百十元角分	记账 P.R.
支付本月广告费	销售费用		￥600000		✓
	银行存款			￥600000	
附件 张 ATTACHMENTS	合 计 TOTAL		￥600000	￥600000	

核 准： 复 核： 记 账： 出 纳： 制 单：张清 签 收：
APPROED CHERKED ENTERED CASHIER PREPARED RECEIER

附件1：广告费发票

北京市商品销售统一发票
发 票 联

发票代码 144567896006
发票号码 005678

客户名称：正翔电子设备有限公司　　　　2010 年 3 月 25 日填发

第二联：发票联（顾客报销凭证）

品 名 规 格	单位	数量	单价	超过万元无效	金 额 千百十元角分	备注
广告费			6000		600000	
						支票支付
合计金额（大写） 陆仟元整					小合计 600000	

说明	①本发票为裁剪式。大写栏填写的仟位和佰位金额必须与剪票栏剪下的金额一致，否则为无效发票。 ②发票联发生裁剪错误，应作废，并全套保存。

开票人：　　　　收款人：李青　　　　业户名称（盖章）

发票查询：1、网站:www.XXXXX.gov.cn 2、手机短信，FP#发票代码#发票号码#开票单位税务登记号，发送到07551234

附件2：转账支票存根

中国工商银行
转账支票存根

$\frac{C}{0}\frac{Y}{2}$ 023400886545

附加信息

支付本月广告费

出票日期 2010 年 3 月 25 日

收款人：	新视野广告公司
金　额：	￥6,000.00
用　途：	广告费

单位主管　　　　会计

深圳市佳信印刷厂 · 2008年印制

业务41：支付电费

物业公司收取本月电费，价税合计为61200元，其中增值税进项税额为8892.31元。

记 账 凭 证
VOUCHER

日期 DATE： 2010 年Y 3 月M 25 日D　　　　　　转字第 3041 号 NO.

摘　要 DESCRIPTION	总账科目 GEN.LEN.A/C	明细科目 SUB.LED.A/C	借方金额 DEBIT AMT.										贷方金额 CREDIT AMT.										记账 P.R. √
			亿	千	百	十	万	千	百	十	元	角	分	亿	千	百	十	万	千	百	十	元	角	分	
支付电费	生产成本				￥	4	4	4	6	1	5	4													
	制造费用					￥	5	2	3	0	7	7													
	管理费用					￥	2	6	1	5	3	8													
	应交税费	应交增值税(进项税额)				￥	8	8	9	2	3	1													
	银行存款													￥	6	1	2	0	0	0	0			
附件　张 ATTACHMENTS	合　计 TOTAL				￥	6	1	2	0	0	0	0			￥	6	1	2	0	0	0	0		

核准： APPROED　复核： CHERKED　记账： ENTERED　出纳： CASHIER　制单： PREPARED 张清　签收： RECEIER

 附件1：电费发票

北京市增值税专用发票

发 票 联

2010年3月25日　　　　　　　　　　NO.2337665569000011

购货单位	名　称	正翔电子设备有限公司			税务登记号		3877766899987700																	
	地址、电话	010-87965566			开户银行及账号		工商银行北京市分行海淀分理处																	

货物或应税劳务名称	规格型号	计量单位	数量	单价	金额								税率(%)	金额							
					十万	千	百	十	元	角	分		十万	千	百	十	元	角	分
电费					￥5	2	3	0	7	6	9	17%	￥8	8	9	2	3	1

价税合计 人民币（大写）	陆万壹仟贰佰元整		￥61,200.00

销货单位	名　称	北京市中良物业公司	税务登记号	87776639375756474384
	地址、电话	010-34567899	开户银行及账号	工商银行

单位盖章：　　　　　收款人：　　　　　复核：　　　　　开票人：林亦可

第三联 发票联

 附件2：转账支票存根

中国工商银行
转账支票存根

CY
02　023400886545

附加信息
支付本月电费

出票日期 2010 年 3 月 25 日

收款人：	中良物业公司
金　额：	￥61,200.00
用　途：	电费

单位主管　　　会计

业务42：支付水费

物业公司收取本月水费，价税合计为13300元，其中增值税进项税额为1530.09元。

记 账 凭 证
VOUCHER

日期： 2010 年 3 月 25 日　　　　　　　　　　　转字第 _3042_ 号
DATE：　Y　　M　　D　　　　　　　　　　　　　NO.

摘　　要 DESCRIPTION	总账科目 GEN.LEN.A/C	明细科目 SUB.LED.A/C	借方金额 DEBIT AMT.	贷方金额 CREDIT AMT.	记账 P.R.
支付水费	生产成本		￥1 0 0 0 4 4 2		
	制造费用		￥1 1 7 6 9 9		
	管理费用		￥5 8 8 5 0		
	应交税费	应交增值税（进项税额）	￥1 5 3 0 0 9		
	银行存款			￥1 3 3 0 0 0 0	
附件　张 ATTACHMENTS	合　　计　TOTAL		￥1 3 3 0 0 0 0	￥1 3 3 0 0 0 0	

核准：　　　复核：　　　记账：　　　出纳：　　　制单： 张清　　　签收：
APPROED　　CHERKED　　ENTERED　　CASHIER　　PREPARED　　　RECEIER

■ **附件1：水费发票**

北京市增值税专用发票
发 票 联

2010年3月25日　　　　　　NO. 2337665569000011

购货单位	名　称	正翔电子设备有限公司	税务登记号	3877766899987700
	地址、电话	010-87965566	开户银行及账号	工商银行北京市分行海淀分理处

货物或应税劳务名称	规格型号	计量单位	数量	单价	金额 十万千百十元角分	税率（%）	金额 十万千百十元角分	
水费					￥1 1 7 6 9 9 1	17%	￥1 5 3 0 0 9	第三联
								发票联

价税合计	人民币（大写）	壹万叁仟叁佰元整		￥13,300.00	

销货单位	名　称	北京市中辰物业公司	税务登记号	87776639375756474384
	地址、电话	010-34567899	开户银行及账号	工商银行

单位盖章：　　　收款人：　　　复核：　　　开票人： 林赤可

 附件2：转账支票存根

中国工商银行
转账支票存根
$\frac{C}{0}\frac{Y}{2}$ 023400886545

附加信息
支付本月水费

出票日期 2010 年 3 月 25 日

收款人：	中良物业公司
金　额：	￥13,300.00
用　途：	水费

单位主管　　　会计

深圳市佳信印刷厂 · 2008年印制

业务43：支付信港公司原材料款

支付所欠信港公司原材料款，计65860元，由财务部开具支票支付。

记 账 凭 证
VOUCHER

日期 DATE： 2010 年Y 3 月M 25 日D

转字第 3043 号 NO.

摘　要 DESCRIPTION	总账科目 GEN.LEN.A/C	明细科目 SUB.LED.A/C	借方金额 DEBIT AMT.										贷方金额 CREDIT AMT.										记账 P.R. √
			亿	千	百	十	万	千	百	十	元	角	分	亿	千	百	十	万	千	百	十	元	角	分	
支付信港公司原材料款	应付账款	信港公司				￥	6	5	8	6	0	0	0											
	银行存款																￥	6	5	8	6	0	0	0
附件　张 ATTACHMENTS	合　计 TOTAL					￥	6	5	8	6	0	0	0				￥	6	5	8	6	0	0	0	

核准： APPROED　　复核： CHERKED　　记账： ENTERED　　出纳： CASHIER　　制单： PREPARED 张清　　签收： RECEIER

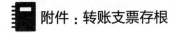

附件：转账支票存根

中国工商银行
转账支票存根

C Y
─ ─ 023400886548
0 2

附加信息

支付所欠信港公司材料款

出票日期 2010 年 3 月 25 日

收款人：	信港公司
金　额：	￥65,860.00
用　途：	货款

单位主管　　　会计

业务44：周慧赔付现金短款

之前查到的现金短款500元，公司决定由出纳周慧个人全额赔偿，现周慧交回500元现金。

记　账　凭　证
VOUCHER

日期：2010 年 3 月 26 日　　　　　　　　　　　转字第 3044 号
DATE：　　Y　　M　　D　　　　　　　　　　　　NO.

摘　要 DESCRIPTION	总账科目 GEN.LEN.A/C	明细科目 SUB.LED.A/C	借方金额 DEBIT AMT. 亿千百十万千百十元角分	贷方金额 CREDIT AMT. 亿千百十万千百十元角分	记账 P.R. √
周慧赔付现金短款	库存现金		￥50000		
	其他应收款	周慧		￥50000	
附件　　张 ATTACHMENTS	合　计　TOTAL		￥50000	￥50000	

核　准：　　复　核：　　　记　账：　　　出　纳：　　　制　单：张清　　签　收：
APPROED　　CHERKED　　　ENTERED　　　CASHIER　　　PREPARED　　　RECEIER

📓 附件：收款收据

收 款 收 据

2010年3月26日　　　　　　NO. 23459806

今收到　周慧

赔偿现金短款

金额(大写) 伍佰元整

附注：

第一联　存根

收款人：郑一

业务45：销售产品一批

向北京市大正电子有限公司销售电子设备1410台，价税合计为164970元，其中应交增值税销项税额为23970元。大正以转账支票结算货款，支票已进账。

记 账 凭 证
VOUCHER

日期 DATE：2010 年 3 月 27 日　　　　　　转字第 3045 号　NO.

摘　要 DESCRIPTION	总账科目 GEN.LEN.A/C	明细科目 SUB.LED.A/C	借方金额 DEBIT AMT. 亿千百十万千百十元角分	贷方金额 CREDIT AMT. 亿千百十万千百十元角分	记账 P.R. √
销售产品一批	银行存款		￥1 6 4 9 7 0 0 0		
	主营业务收入			￥1 4 1 0 0 0 0 0	
	应交税费	应交增值税 (销项税额)		￥2 3 9 7 0 0 0	
附件　张 ATTACHMENTS	合　计 TOTAL		￥1 6 4 9 7 0 0 0	￥1 6 4 9 7 0 0 0	

核准：APPROED　复核：CHERKED　记账：ENTERED　出纳：CASHIER　制单：张清 PREPARED　签收：RECEIER

附件1：销售发票

北京市增值税专用发票
记 账 联

2010年3月27日 　　　　　　NO. 2337665569000011

<table>
<tr><td rowspan="2">购货单位</td><td>名　　称</td><td colspan="2">北京市大正电子有限公司</td><td>税务登记号</td><td colspan="3">1011998762389800</td><td rowspan="8">第三联　记账联</td></tr>
<tr><td>地址、电话</td><td colspan="2">010-34567890</td><td>开户银行及账号</td><td colspan="3">工行北京市分行海淀分理处</td></tr>
<tr><td>货物或应税劳务名称</td><td>规格型号</td><td>计量单位</td><td>数量</td><td>单价</td><td>金额
十万千百十元角分</td><td>税率
（%）</td><td>金额
十万千百十元角分</td></tr>
<tr><td>电子设备</td><td>DZ003</td><td>台</td><td>1410</td><td>100</td><td>1 4 1 0 0 0 0 0</td><td>17%</td><td>2 3 9 7 0 0 0</td></tr>
<tr><td></td><td></td><td></td><td></td><td></td><td></td><td></td><td></td></tr>
<tr><td></td><td></td><td></td><td></td><td></td><td></td><td></td><td></td></tr>
<tr><td>价税合计</td><td>人民币
（大写）</td><td colspan="4">壹拾陆万肆仟玖佰柒拾元整</td><td colspan="2">￥164970.00</td></tr>
<tr><td rowspan="2">销货单位</td><td>名　　称</td><td colspan="2">正翔电子设备有限公司</td><td>税务登记号</td><td colspan="3">38777666899987700</td></tr>
<tr><td>地址、电话</td><td colspan="2">010-87965566</td><td>开户银行及账号</td><td colspan="3">工商银行北京市分行海淀分理处</td></tr>
</table>

单位盖章：　　　　　　收款人：　　　　　　复核：　　　　　　开票人：林亦可

 附件2：银行进账单

进 账 单 (回单)

2010年3月27日

<table>
<tr><td rowspan="3">出票人</td><td>全　　称</td><td colspan="3">北京市大正电子有限公司</td><td rowspan="3">收款人</td><td>全　　称</td><td colspan="11">正翔电子设备有限公司</td></tr>
<tr><td>账　　号</td><td colspan="3">28776345678670000</td><td>账　　号</td><td colspan="11">12345678990456 70000</td></tr>
<tr><td>开户银行</td><td colspan="3">工行北京市分行海淀分理处</td><td>开户银行</td><td colspan="11">工行北京市分行海淀分理处</td></tr>
<tr><td rowspan="1">金额</td><td>人民币
（大写）</td><td colspan="4">壹拾陆万肆仟玖佰柒拾元整</td><td>亿</td><td>千</td><td>百</td><td>十</td><td>万</td><td>千</td><td>百</td><td>十</td><td>元</td><td>角</td><td>分</td></tr>
<tr><td></td><td></td><td colspan="4"></td><td></td><td></td><td>￥</td><td>1</td><td>6</td><td>4</td><td>9</td><td>7</td><td>0</td><td>0</td><td>0</td></tr>
<tr><td>票据种类</td><td>转账支票</td><td>票据张数</td><td colspan="2">1</td><td rowspan="2" colspan="12">备　注</td></tr>
<tr><td>票据号码</td><td colspan="4">245678456309</td></tr>
<tr><td colspan="5"></td></tr>
</table>

　　　　　　复核　　　记账

业务46：现金存入银行

将门店交来的销售现金款及库存现金中超额的部分，共计5800元，已存入银行。

记 账 凭 证
VOUCHER

日期：2010 年 3 月 28 日　　　　　　　　转字第 3046 号
DATE：　Y　　M　　D　　　　　　　　　　NO.

摘　要 DESCRIPTION	总账科目 GEN.LEN.A/C	明细科目 SUB.LED.A/C	借方金额 DEBIT AMT. 亿 千 百 十 万 千 百 十 元 角 分	贷方金额 CREDIT AMT. 亿 千 百 十 万 千 百 十 元 角 分	记账 P.R. √
零售销售款存入银行	银行存款		￥ 5 8 0 0 0 0		
	库存现金			￥ 5 8 0 0 0 0	
附件　　张 ATTACHMENTS	合　计 TOTAL		￥ 5 8 0 0 0 0	￥ 5 8 0 0 0 0	

核准：　　　复核：　　　记账：　　　出纳：　　　制单：张清　　　签收：
APPROED　　CHERKED　　ENTERED　　CASHIER　　PREPARED　　　RECEIER

附件：现金进账单

工商银行现金缴款单

2010年3月28日

缴款单位填写	缴款单位	全　称	正翔电子设备有限公司													
		开户行	工行北京市分行海淀分理处	账号	123456789045670000											
	款项来源		销售款													
	人民币 (大写)	伍仟捌佰元整			千	百	十	万	千	百	十	元	角	分		
							￥	5	8	0	0	0	0		
银行确认栏	客户号（账号）： 缴款日期： 本缴款单金额，业已全数收讫		币种及金额（小写）： 流水号：			会计分录	借： 贷：									
			收款员签章				复核员　　　　记账号									

缴款人对上述银行记录确认签名

第一联　银行盖章后退还缴款单位

业务 47：一车间整修完毕

公司的一车间整修工程完毕，造价总计 110000 元。

记 账 凭 证
VOUCHER

日期：2010 年 3 月 28 日 DATE：Y M D

转字第 _3047_ 号 NO.

摘 要 DESCRIPTION	总账科目 GEN.LEN.A/C	明细科目 SUB.LED.A/C	借方金额 DEBIT AMT. 亿 千 百 十 万 千 百 十 元 角 分	贷方金额 CREDIT AMT. 亿 千 百 十 万 千 百 十 元 角 分	记账 P.R. √
一车间整修完毕	固定资产		￥1 1 0 0 0 0 0 0		
	在建工程			￥1 1 0 0 0 0 0 0	
•					
附件　张 ATTACHMENTS	合　计　TOTAL		￥1 1 0 0 0 0 0 0	￥1 1 0 0 0 0 0 0	

核准：　　　复核：　　　记账：　　　出纳：　　　制单：张清　　　签收：
APPROED　　CHERKED　　ENTERED　　CASHIER　　PREPARED　　RECEIER

附件：在建工程造价表

在建工程造价表

2010年3月28日

项 目	金 额	备 注
材料费	48.925.60	
员工薪酬	49.836.80	
其他费用	11.237.60	
合 计	￥110.000.00	

业务48：计提各项社会保险

计提各项社会保险费，其中公司缴纳部分26236.58元，公司代扣应由个人缴纳部分11545.3元。

记 账 凭 证
VOUCHER

日期：2010年 3月 29日   转字第 3048 号
DATE： Y M D   NO.

摘 要 DESCRIPTION	总账科目 GEN.LEN.A/C	明细科目 SUB.LED.A/C	借方金额 DEBIT AMT. 亿千百十万千百十元角分	贷方金额 CREDIT AMT. 亿千百十万千百十元角分	记账 P.R. √
计提各项社会保险	管理费用	五项保险及住房	¥2 6 2 3 6 5 8		
	其他应收款	五项保险及住房	¥1 1 5 4 5 3 0		
	其他应付款	五项保险及住房		¥3 7 7 8 1 8 8	
附件 张 ATTACHMENTS	合 计 TOTAL		¥3 7 7 8 1 8 8	¥3 7 7 8 1 8 8	

核准： 复核： 记账： 出纳： 制单：张清 签收：
APPROED CHERKED ENTERED CASHIER PREPARED RECEIER

📓 附件：社会保险计提表

社会保险计提表

2010年3月29日

项 目	企业缴纳部分	个人缴纳部分
五项保险及住房	26.236.58	11545.3
合 计	37.781.88	

业务49：计提三月份折旧

计提本月固定资产折旧，计16875元，其中管理费用3300元，制造费用13575元。

记 账 凭 证
VOUCHER

日期： 2010 年 3 月 29 日　　　　　　　　转字第 3049 号
DATE： Y　　M　　D　　　　　　　　　　　NO.

摘　　要 DESCRIPTION	总账科目 GEN.LEN.A/C	明细科目 SUB.LED.A/C	借方金额 DEBIT AMT. 亿千百十万千百十元角分	贷方金额 CREDIT AMT. 亿千百十万千百十元角分	记账 P.R. √
计提三月传折旧	管理费用	折旧费	￥330000		
	制造费用	折旧费	￥1357500		
	累计折旧			￥1687500	
附件　　张 ATTACHMENTS	合　　计　TOTAL		￥1687500	￥1687500	

核　准：　　复　核：　　　记　账：　　　出　纳：　　　制　单：张清　　签　收：
APPROED　CHERKED　　ENTERED　　CASHIER　　PREPARED　　　RECEIER

附件：折旧计提表

固定资产折旧费用表

2010年3月31日

固定资产类别	固定资产原值	折旧年限	月折旧率	折旧额
生产设备	￥488,300.00	3	2.78%	13,575.00
管理设备	￥197,600.00	5	1.67%	3,300.00
合计				16,875.00

业务50：盘亏存货

月底盘点对账时，发现库存的二极管实际存量与账面存量不符，短少3.5箱，折价合2100元，先进行挂账处理。

记 账 凭 证
VOUCHER

日期：2010 年 3 月 29 日
DATE：　　Y　　M　　D

转字第 3050 号
NO.

摘　　要 DESCRIPTION	总账科目 GEN.LEN.A/C	明细科目 SUB.LED.A/C	借方金额 DEBIT AMT. 亿千百十万千百十元角分	贷方金额 CREDIT AMT. 亿千百十万千百十元角分	记账 P.R. √
盘亏存货	待处理财产损溢		¥2 1 0 0 0 0		
		原材料		¥2 1 0 0 0 0	
附件　　张 ATTACHMENTS	合　　计　　TOTAL		¥2 1 0 0 0 0	¥2 1 0 0 0 0	

核准：　　　　复核：　　　　　记账：　　　　出纳：　　　　制单：张清　　　　签收：
APPROED　　CHERKED　　　ENTERED　　　CASHIER　　PREPARED　　　　RECEIER

附件：盘点结果统计表

盘点结果统计表

部门：原材料仓库　　　　　　2010年3月29日

存货类别	项目	单位	盘盈 数量	盘盈 金额	盘亏 数量	盘亏 金额	损毁 数量	损毁 金额	备注
	二极管	箱			3.5	2,100.00			
合　　计						2,100.00			

业务51：盘亏模具设备1台

月底盘点对账时，发现库存的模具设备实际存量与账面存量不符，短少1台，折价合50000元，该设备为固定资产，已提折旧15000元。先进行挂账处理。

记 账 凭 证
VOUCHER

日期：2010 年 3 月 29 日　　　　转字第 3051 号
DATE：　 Y　 M　 D　　　　　　　NO.

摘　要 DESCRIPTION	总账科目 GEN.LEN.A/C	明细科目 SUB.LED.A/C	借方金额 DEBIT AMT. 亿千百十万千百十元角分	贷方金额 CREDIT AMT. 亿千百十万千百十元角分	记账 P.R.√
盘亏模具设备1台	待处理财产损溢		￥3 5 0 0 0 0 0		
	累计折旧		￥1 5 0 0 0 0 0		
	固定资产			￥5 0 0 0 0 0 0	
附件　张 ATTACHMENTS	合　计　TOTAL		￥5 0 0 0 0 0 0	￥5 0 0 0 0 0 0	

核准：　　复核：　　记账：　　出纳：　　制单：张清　　签收：
APPROED　CHERKED　ENTERED　CASHIER　PREPARED　RECEIER

附件1：盘点结果统计表

盘点结果统计表

部门：设备仓库　　　　2010年3月29日

存货类别	项目	单位	盘盈		盘亏		损毁		备注
			数量	金额	数量	金额	数量	金额	
	模具设备	台			1	50,000.00			
合　计						50,000.00			

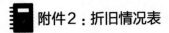
附件2：折旧情况表

折旧情况统计表

部门：**设备仓库**　　　　　　2010年3月29日

存货类别	项目	单位	盘亏		已提折旧	备注
	模具设备	台	1	45,000.00	15,000.00	
合　计				￥45,000.00	￥15,000.00	

业务52：盘盈焊机设备1台

月底盘点对账时，发现库存的焊机实际存量与账面存量不符，多出1台，价值45000元，该设备为固定资产，已提折旧10000元。先进行挂账处理。

记 账 凭 证
VOUCHER

日期：2010 年 3 月 29 日　　　　　　　转字第 3052 号
DATE： Y M D　　　　　　　　　　　NO.

摘要 DESCRIPTION	总账科目 GEN.LEN.A/C	明细科目 SUB.LED.A/C	借方金额 DEBIT AMT. 亿千百十万千百十元角分	贷方金额 CREDIT AMT. 亿千百十万千百十元角分	记账 P.R.✓
盘盈焊机设备1台	固定资产		￥4 5 0 0 0 0 0		
	累计折旧			￥3 5 0 0 0 0 0	
	以前年度损益调整			￥1 0 0 0 0 0 0	
附件　张 ATTACHMENTS	合　计　TOTAL		￥4 5 0 0 0 0 0	￥4 5 0 0 0 0 0	

核准：　　　复核：　　　记账：　　　出纳：　　　制单：张清　　　签收：
APPROED　　CHERKED　　ENTERED　　CASHIER　　PREPARED　　RECEIER

附件1：盘点结果统计表

盘点结果统计表

部门：设备仓库　　　　　　　　　　　　2010年3月29日

存货类别	项目	单位	盘　盈		盘　亏		损　毁		备注
			数量	金额	数量	金额	数量	金额	
	焊机	台	1	45,000.00					
合　　计				￥45,000.00					

附件2：折旧情况统计表

折旧情况统计表

部门：设备仓库　　　　　　　　　　　　2010年3月29日

存货类别	项目	单位	盘　亏	已提折旧	备注
	焊机	台	1　45,000.00	10,000.00	
合　　计			￥45,000.00	￥10,000.00	

89

业务53：盘盈空调1台

月底盘点对账时，发现库存的空调实际存量与账面存量不符，多出1台，价值1000元，先进行挂账处理。

记 账 凭 证
VOUCHER

日期：2010 年 3 月 29 日　　　　　转字第 3053 号
DATE： Y M D　　　　　NO.

摘　　要 DESCRIPTION	总账科目 GEN.LEN.A/C	明细科目 SUB.LED.A/C	借方金额 DEBIT AMT. 亿 千 百 十 万 千 百 十 元 角 分	贷方金额 CREDIT AMT. 亿 千 百 十 万 千 百 十 元 角 分	记账 P.R.
盘盈空调1台	库存商品		¥ 1 0 0 0 0 0		
	待处理财产损溢			¥ 1 0 0 0 0 0	
附件　　张 ATTACHMENTS	合　　计　TOTAL		¥ 1 0 0 0 0 0	¥ 1 0 0 0 0 0	

核准：　　　复核：　　　记账：　　　出纳：　　　制单：张清　　　签收：
APPROED　　CHERKED　　ENTERED　　CASHIER　　PREPARED　　RECEIER

📓 **附件：盘点结果统计表**

盘点结果统计表
2010年3月29日

部门：设备仓库

存货 类别	项目	单位	盘盈		盘亏		损毁		备注
			数量	金额	数量	金额	数量	金额	
	空调	台	1	1.000.00					
合　　计				¥1.000.00					

业务54：退回领用的工程物资

一车间整修完毕后，将剩余的价值30000元的工程物资退回仓库。

记 账 凭 证
VOUCHER

日期：2010 年 3 月 29 日　　　　转字第 3054 号
DATE：　Y　M　D　　　　　　　　　NO.

摘　要 DESCRIPTION	总账科目 GEN.LEN.A/C	明细科目 SUB.LED.A/C	借方金额 DEBIT AMT. 亿千百十万千百十元角分	贷方金额 CREDIT AMT. 亿千百十万千百十元角分	记账 P.R. ✓
退回之前领用的工程物资	工程物资		￥3 0 0 0 0 0 0		
	在建工程			￥3 0 0 0 0 0 0	
附件　张 ATTACHMENTS	合　计　TOTAL		￥3 0 0 0 0 0 0	￥3 0 0 0 0 0 0	

核　准：　复　核：　　记　账：　　出　纳：　　制　单： 张清　　签　收：
APPROED　CHERKED　ENTERED　CASHIER　PREPARED　　RECEIER

📓 附件：物资入库单

入　库　单

部门：原料仓库　　　　2010年3月29日　　　　NO.23457678

编号	品名	规格	单位	数量	单价	金额	备注
	水泥		吨	34	285	9,690.00	
	钢筋		吨	3	3950	11,850.00	
	红砖		块	33840	0.25	8,460.00	
	其他物资					0.00	
合计	（大写）叁万元整					￥30,000.00	

记账：　　　　　　　　　　　　经手人：　吴浩

业务55：土地使用权摊销

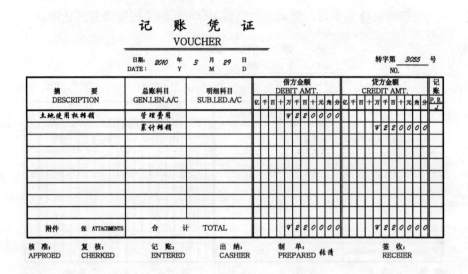

记 账 凭 证
VOUCHER

日期： 2010 年 3 月 29 日　　　　　　转字第 3055 号
DATE： Y　　M　　D　　　　　　　　　　NO.

摘　　要 DESCRIPTION	总账科目 GEN.LEN.A/C	明细科目 SUB.LED.A/C	借方金额 DEBIT AMT. 亿千百十万千百十元角分	贷方金额 CREDIT AMT. 亿千百十万千百十元角分	记账 P.R. √
土地使用权摊销	管理费用		￥2200000		
	累计摊销			￥2200000	
附件　　张 ATTACHMENTS	合　　计 TOTAL		￥2200000	￥2200000	

核准：　　复核：　　　记账：　　　出纳：　　　制单： 张清　　　签收：
APPROED　　CHERKED　　ENTERED　　CASHIER　　PREPARED　　　RECEIER

 附件：无形资产摊销表

无形资产摊销表

2010年3月29日

项　　目	本月应摊销金额	备　注
土地使用权	2,200.00	
合　　计	￥2,200.00	

业务56：现金盘亏

出纳周慧在进行当日的现金清点时，发现现金短款100元，先进挂账处理，待查实原因后再进行进一步处理。

记　账　凭　证
VOUCHER

日期：2010 年 3 月 29 日　　　　　　　　转字第　3056　号
DATE：　　Y　　M　　D　　　　　　　　　NO.

摘　　要 DESCRIPTION	总账科目 GEN.LEN.A/C	明细科目 SUB.LED.A/C	借方金额 DEBIT AMT. 亿千百十万千百十元角分	贷方金额 CREDIT AMT. 亿千百十万千百十元角分	记账 P.R. ✓
现金盘亏	待处理财产损溢		¥1 0 0 0 0		
		库存现金		¥1 0 0 0 0	
附件　张 ATTACHMENTS		合　计　TOTAL	¥1 0 0 0 0	¥1 0 0 0 0	

核准：　　　复核：　　　记账：　　　出纳：　　　制单：张清　　　签收：
APPROED　　CHERKED　　ENTERED　　CASHIER　　PREPARED　　RECEIER

📓 **附件：现金余额对账表**

现金余额对账表
2010年3月29日

部门	账面余额	实际盘点（面额数量）										备注
		100	50	20	10	5	2	1	1	0	0	合计	
财务部	13,620.00	120	5	5	7	15		17	12		20	12,520.00	短款100
行政部	-											-	年
人力资源部	-											-	年
业务部	-											-	年
合　计	13,620.00	120	5	5	7	15	0	17	12	0	20	12,520.00	

制单：周慧

业务57：支付本月印花税

支付本月的印花税，总计288元。

记 账 凭 证
VOUCHER

日期： 2010 年 3 月 29 日　　　　　　　　　　　　转字第 3057 号
DATE： Y　　M　　D　　　　　　　　　　　　　　　NO.

摘　　要 DESCRIPTION	总账科目 GEN.LEN.A/C	明细科目 SUB.LED.A/C	借方金额 DEBIT AMT. 亿千百十万千百十元角分	贷方金额 CREDIT AMT. 亿千百十万千百十元角分	记账 P.R. √
支付本月印花税	管理费用		￥2 8 8 0 0		
	银行存款			￥2 8 8 0 0	
附件　张 ATTACHMENTS	合　　计　TOTAL		￥2 8 8 0 0	￥2 8 8 0 0	

核准：　　　复核：　　　记账：　　　　出纳：　　　制单：张清　　　签收：
APPROED　　CHERKED　　ENTERED　　CASHIER　　PREPARED　　RECEIER

📓 **附件1：税收通用缴款书**

中 华 人 民 共 和 国
税收通用缴款书

直属关系
注册类型　　　　　　　　　　　填发日期2010年3月29日　　NO. 376355
　　　　　　　　　　　　　　　　　　　　　　征收机关：北京市国家税务局海淀区XX所

缴款单位（人）	代码 98755666	电话：90098008	预算科目	编码	
	全称 正翔电子设备有限公司			名称	
	开户银行 工行北京市分行海淀分理处			级次 地方级	
	账号 123456789045670000			国库 工商银行北京市支行	

税款所属时间 2010年3月1日至3月31日　　　　税款限缴日期 2010年4月8日

品名名称	课税数量	计税金额或销售收入	税率或单位税额	已缴或扣除额	实缴税费 亿千百十万千百十元角分
印花税					￥2 8 8 0 0
金额合计（大写） 贰佰捌拾捌元无整					￥2 8 8 0 0

缴纳单位（人）（盖章）	国税机关（盖章）	上列款项已收妥并划转税款单位账户 国库（银行）盖章	备注

附件2：转账支票存根

中国工商银行
转账支票存根

C Y
0 2 023400886549

附加信息

支付本月印花税

出票日期 2010 年 3 月 25 日

收款人：	北京市国税局
金 额：	￥288.00
用 途：	印花税

单位主管　　会计

业务58：支付本月员工工资

支付本月的员工工资，总计550000元。

记 账 凭 证
VOUCHER

日期：2010 年 3 月 29 日
DATE：　　Y　　M　　D

转字第 3058 号
NO.

摘　　要 DESCRIPTION	总账科目 GEN.LEN.A/C	明细科目 SUB.LED.A/C	借方金额 DEBIT AMT.										贷方金额 CREDIT AMT.										记账 P.R. √
			亿	千	百	十	万	千	百	十	元	角	分	亿	千	百	十	万	千	百	十	元	角	分	
支付本月员工工资	应付职工薪酬	工资		￥	5	5	0	0	0	0	0	0	0											
	银行存款														￥	5	5	0	0	0	0	0	0	0	
附件　　张 ATTACHMENTS	合　　计 TOTAL			￥	5	5	0	0	0	0	0	0	0		￥	5	5	0	0	0	0	0	0	0	

核　准：　　复　核：　　记　账：　　出　纳：　　制　单：张清　　签　收：
APPROED　　CHERKED　　ENTERED　　CASHIER　　PREPARED　　RECEIER

会·计·实·账·演·练
一本就明

附件：转账支票存根

说明：目前情况下，一般较大企业的员工工资都委托由银行代发，银行根据企业提交的工资本直接将相应工资额转入员工账户中，所以转账支票的收款人仍然是本企业。

中国工商银行
转账支票存根
C Y
0 2 023400886550

附加信息
代发工资

出票日期 2010 年 3 月 29 日

收款人：	正翔电子设备有限公司
金　额：	￥550,000.00
用　途：	工资

单位主管　　　会计

（深圳市佳信印刷厂·2008年印制）

业务59：支付五险一金两费

支付本月应付的五险一金两费，总计255750元。

记　账　凭　证
VOUCHER

日期：2010 年 3 月 29 日　　　转字第 3059 号
DATE： Y M D　　　NO.

摘要 DESCRIPTION	总账科目 GEN.LEN.A/C	明细科目 SUB.LED.A/C	借方金额 DEBIT AMT. 亿千百十万千百十元角分	贷方金额 CREDIT AMT. 亿千百十万千百十元角分	记账 P.R.
支付五险一金两费	应付职工薪酬	社会保险费	￥192500 00		✓
	应付职工薪酬	住房公积金	￥44000 00		
	应付职工薪酬	工会经费	￥11000 00		
	应付职工薪酬	职工教育经费	￥8250 00		
	银行存款			￥255750 00	
附件　张 ATTACHMENTS	合　计 TOTAL		￥255750 00	￥255750 00	

核准：APPROED　复核：CHERKED　记账：ENTERED　出纳：CASHIER　制单：PREPARED 张清　签收：RECEIER

96

附件：转账支票存根

```
          中国工商银行
          转账支票存根
    C Y
    ── 023400886550
    0 2

附加信息
支付五险一金两费
_____

_____


出票日期 2010 年 3 月 29 日
收款人：  正翔电子设备有限公司
金  额：  ￥255，750.00
用  途：  五险一金两费
单位主管      会计
```

业务60：本月领用材料

结转本月生产领用的原材料220460元，将其计入生产成本中。

记 账 凭 证
VOUCHER

日期 2010 年 3 月 30 日　　　　转字第 3060 号
DATE: Y M D　　　　　　　　　　NO.

摘　要 DESCRIPTION	总账科目 GEN.LEN.A/C	明细科目 SUB.LED.A/C	借方金额 DEBIT AMT.												贷方金额 CREDIT AMT.												记账 P.R.
			亿	千	百	十	万	千	百	十	元	角	分	亿	千	百	十	万	千	百	十	元	角	分	√
本月领用材料	生产成本			￥	2	2	0	4	6	0	0	0													
	原材料														￥	2	2	0	4	6	0	0	0	
附件　张 ATTACHMENTS	合　计　TOTAL			￥	2	2	0	4	6	0	0	0			￥	2	2	0	4	6	0	0	0	

核准：　　复核：　　　记账：　　　出纳：　　　制单：张清　　　签收：
APPROED　CHERKED　　ENTERED　　CASHIER　　PREPARED　　RECEIER

 附件：原材料领用统计表

原材料领用统计表

2010年3月30日

项　目	金额	备　注
一车间	110.460.00	
二车间	89.672.20	
维修车间	20.327.80	
合　计	220.460.00	

业务61：分配福利费用

分配本月的福利费7364元，分别纳入生产成本1624元、管理费用3640元、销售费用1470元及制造费用630元。

记　账　凭　证
VOUCHER

日期: 2010 年 3 月 30 日
DATE: Y M D

转字第 3061 号
NO.

摘　要 DESCRIPTION	总账科目 GEN.LEN.A/C	明细科目 SUB.LED.A/C	借方金额 DEBIT AMT. 亿 千 百 十 万 千 百 十 元 角 分	贷方金额 CREDIT AMT. 亿 千 百 十 万 千 百 十 元 角 分	记账 P.R.
分配福利费用	生产成本		￥1 6 2 4 0 0		
	管理费用		￥3 6 4 0 0 0		
	销售费用		￥1 4 7 0 0 0		
	制造费用		￥6 3 0 0 0		
	应付职工薪酬	福利费		￥7 3 6 4 0 0	
附件　张 ATTACHMENTS	合　计　TOTAL		￥7 3 6 4 0 0	￥7 3 6 4 0 0	

核　准　　　复　核　　　　记　账　　　出　纳　　　制　单: 张清　　　签　收:
APPROED　　CHERKED　　ENTERED　　CASHIER　　PREPARED　　RECEIER

附件：费用分配表

费用分配表

2010年3月31日

费用项目：__福利费__

序号	借方科目	金额	贷方科目	备注
1	生产成本	1.624.00	应付职工薪酬	
	管理费用	3.640.00	应付职工薪酬	
	销售费用	1.470.00	应付职工薪酬	
	制造费用	630.00	应付职工薪酬	
合　计		7.364.00		

业务62：分配工资费用

分配本月的福利费52600元，分别纳入生产成本11600元、管理费用26000元、销售费用10500元及制造费用4500元。

记　账　凭　证
VOUCHER

日期：2010 年 3 月 30 日　　　　转字第 3062 号
DATE： Y　M　D　　　　　　　　　NO.

摘　要 DESCRIPTION	总账科目 GEN.LEN.A/C	明细科目 SUB.LED.A/C	借方金额 DEBIT AMT. 亿千百十万千百十元角分	贷方金额 CREDIT AMT. 亿千百十万千百十元角分	记账 P.R. ✓
分配工资费用	生产成本		￥1 1 6 0 0 0 0		
	管理费用		￥2 6 0 0 0 0		
	销售费用		￥1 0 5 0 0 0 0		
	制造费用		￥4 5 0 0 0 0		
	应付职工薪酬	工资		￥5 2 6 0 0 0 0	
附件　张 ATTACHMENTS	合　计 TOTAL		￥5 2 6 0 0 0 0	￥5 2 6 0 0 0 0	

核　准：　复　核：　记　账：　出　纳：　制　单：张清　签　收：
APPROED　CHERKED　ENTERED　CASHIER　PREPARED　RECEIER

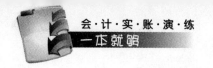
📓 附件：工资费用分配表

费用分配表

2010年3月31日

费用项目：__工资__

序号	借方科目	金额	贷方科目	备注
1	生产成本	11,600.00	应付职工薪酬	
	管理费用	26,000.00	应付职工薪酬	
	销售费用	10,500.00	应付职工薪酬	
	制造费用	4,500.00	应付职工薪酬	
	合　计		￥52,600.00	

业务63：计算本期应交所得税

计算本月应缴纳的企业所得税873345.52元。

记 账 凭 证
VOUCHER

日期 DATE： 2010 年Y 3 月M 30 日D　　　　转字第 3063 号 NO.

摘　要 DESCRIPTION	总账科目 GEN.LEN.A/C	明细科目 SUB.LED.A/C	借方金额 DEBIT AMT.											贷方金额 CREDIT AMT.											记账 P.R.
			亿	千	百	十	万	千	百	十	元	角	分	亿	千	百	十	万	千	百	十	元	角	分	✓
计算本期应交所得税	所得税			￥	8	7	3	3	4	5	5	2													
	应交税费	应交所得税													￥	8	7	3	3	4	5	5	2		
附件　张 ATTACHMENTS	合　计 TOTAL			￥	8	7	3	3	4	5	5	2			￥	8	7	3	3	4	5	5	2		

核准： APPROED　　复核： CHERKED　　记账： ENTERED　　出纳： CASHIER　　制单：张清 PREPARED　　签收： RECEIER

100

附件：所得税计算表

企业所得税计算表

2010年3月30日

项 目	金 额	备 注
本期应纳税总额	3493382.06	
所得税率	25%	
应纳所得税额	873345.52	

业务64：结转销售成本

结转本月销售成本，计454702.62元。

记 账 凭 证
VOUCHER

日期：2010 年 3 月 30 日　　　　转字第 3064 号
DATE: Y M D　　　　NO.

摘 要 DESCRIPTION	总账科目 GEN.LEN.A/C	明细科目 SUB.LED.A/C	借方金额 DEBIT AMT.										贷方金额 CREDIT AMT.										记账 P.R.
			亿	千	百	十	万	千	百	十	元	角	分	亿	千	百	十	万	千	百	十	元	角	分	
结转销售成本	主营业务成本				¥	4	5	4	7	0	2	6	2												
	库存商品															¥	4	5	4	7	0	2	6	2	
附件 张 ATTACHMENTS	合 计 TOTAL				¥	4	5	4	7	0	2	6	2			¥	4	5	4	7	0	2	6	2	

核准：　　复核：　　　记账：　　　出纳：　　制单：张清　　　签收：
APPROED　CHERKED　　ENTERED　　CASHIER　PREPARED　　　RECEIER

附件：结转账户余额表

结转账户余额表

2010年3月31日

序号	账户名称	借方余额	贷方余额	转向账户
1	主营业务成本		454.702.62	库存商品
合　计			454.702.62	

业务65：计提当月借款利息

计提本月借款利息，计12923.56元。

记　账　凭　证
VOUCHER

日期：2010 年 3 月 31 日　　　　　转字第　3065　号
DATE：　Y　　M　　D　　　　　　　NO.

摘　要 DESCRIPTION	总账科目 GEN.LEN.A/C	明细科目 SUB.LED.A/C	借方金额 DEBIT AMT.										贷方金额 CREDIT AMT.										记账 P.R.
			亿	千	百	十	万	千	百	十	元	角	分	亿	千	百	十	万	千	百	十	元	角	分	
计提当月借款利息	财务费用					￥	1	2	9	2	3	5	6											✓
	预提费用																￥	1	2	9	2	3	5	6	
附件　张 ATTACHMENTS	合　计　TOTAL					￥	1	2	9	2	3	5	6				￥	1	2	9	2	3	5	6	

核准：　　　复核：　　　记账：　　　出纳：　　　制单：张清　　　签收：
APPROED　　CHERKED　　ENTERED　　CASHIER　　PREPARED　　RECEIER

附件：借款利息计算表

借款利息计算表

2010年3月31日

项　目	金　额	备　注
本期长期借款利息	8.596.67	
本期短期借款利息	4.326.89	
利息合计	12923.56	

业务66：计提工会经费

计提本月的工会经费，总计1052元。

记 账 凭 证
VOUCHER

日期：2010 年 3 月 31 日　　　转字第 3066 号
DATE: Y M D　　　NO.

摘　要 DESCRIPTION	总账科目 GEN.LEN.A/C	明细科目 SUB.LED.A/C	借方金额 DEBIT AMT. 亿千百十万千百十元角分	贷方金额 CREDIT AMT. 亿千百十万千百十元角分	记账 P.R.√
计提工会经费	生产成本		￥2 3 2 0 0		
	管理费用		￥5 2 0 0 0		
	销售费用		￥2 1 0 0 0		
	制造费用		￥9 0 0 0		
	其他应付款			￥1 0 5 2 0 0	
附件　张 ATTACHMENTS	合　计 TOTAL		￥1 0 5 2 0 0	￥1 0 5 2 0 0	

核准：　复核：　　记账：　　出纳：　　制单： 张清　　签收：
APPROED CHERKED ENTERED CASHIER PREPARED RECEIER

附件：计提费用表

计提费用表

2010年3月31日

费用项目： 工会经费

序号	借方科目	金额	贷方科目	备注
1	生产成本	232.00	其他应付款	
	管理费用	520.00	其他应付款	
	销售费用	210.00	其他应付款	
	制造费用	90.00	其他应付款	
	合　计		¥1,052.00	

业务67：结转以前年度损益

记　账　凭　证
VOUCHER

日期： 2010 年 3 月 31 日
DATE： Y M D

转字第 3067 号
NO.

摘　要 DESCRIPTION	总账科目 GEN.LEN.A/C	明细科目 SUB.LED.A/C	借方金额 DEBIT AMT. 亿千百十万千百十元角分	贷方金额 CREDIT AMT. 亿千百十万千百十元角分	记账 P.R. √
结转以前年度损益	以前年度损益调整		¥1 0 0 0 0 0 0		
	利润分配			¥1 0 0 0 0 0 0	
附件　张 ATTACHMENTS	合　计 TOTAL		¥1 0 0 0 0 0 0	¥1 0 0 0 0 0 0	

核准： 复核： 记账： 出纳： 制单： 张清 签收：
APPROED CHERKED ENTERED CASHIER PREPARED RECEIER

附件：结转账户余额表

结转账户余额表

2010年3月31日

序号	账户名称	借方余额	贷方余额	转向账户
1	以前年度损益调整		10.000.00	利润分配
合　计			￥10.000.00	

业务68：计提坏账准备

计提本月坏账准备9750元。

记　账　凭　证
VOUCHER

日期： 2010 年 3 月 31 日　　　　　　　　　转字第 3068 号
DATE：　Y　　M　　D　　　　　　　　　　　　　NO.

摘　要 DESCRIPTION	总账科目 GEN.LEN.A/C	明细科目 SUB.LED.A/C	借方金额 DEBIT AMT. 亿千百十万千百十元角分	贷方金额 CREDIT AMT. 亿千百十万千百十元角分	记账 P.R. √
计提坏账准备	资产减值损失		￥9 7 5 0 0 0		
	坏账准备			￥9 7 5 0 0 0	
附件　　张 ATTACHMENTS	合　计　TOTAL		￥9 7 5 0 0 0	￥9 7 5 0 0 0	

核准：　　复核：　　　　记账：　　　　出纳：　　　　制单： 张清　　　　签收：
APPROED　CHERKED　　ENTERED　　CASHIER　　PREPARED　　　RECEIER

附件：坏账准备计提表

坏账准备计提表

2010年3月31日

项　目	金　额	备　注
坏账准备	9,750.00	
合　计	￥9,750.00	

业务69：计提营业税金、城建税及教育费附加

记　账　凭　证
VOUCHER

日期 DATE： 2010 年Y 3 月M 31 日D　　　　转字第 3069 号　NO.

摘　要 DESCRIPTION	总账科目 GEN.LEN.A/C	明细科目 SUB.LED.A/C	借方金额 DEBIT AMT.											贷方金额 CREDIT AMT.											记账 P.R. √
			亿	千	百	十	万	千	百	十	元	角	分	亿	千	百	十	万	千	百	十	元	角	分	
计提营业税金、城建税及教育费附加	营业税金及附加						￥	3	8	1	5	8	0												
	应交税费																	￥	3	8	1	5	8	0	
附件　张 ATTACHMENTS	合　计 TOTAL						￥	3	8	1	5	8	0					￥	3	8	1	5	8	0	

核准：　　　复核：　　　记账：　　　出纳：　　　制单：张清　　　签收：
APPROED　　CHERKED　　ENTERED　　CASHIER　　PREPARED　　RECEIER

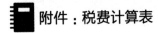

附件：税费计算表

相关税费计算表

2010年3月31日

项 目	金 额	备 注
营业税	2,677.80	
城建税	894.50	
教育费附加	243.50	
合 计	￥3,815.80	

业务70：计提债券投资减值准备

记 账 凭 证
VOUCHER

日期： 2010 年 3 月 31 日 DATE: Y M D

转字第 3070 号 NO.

摘 要 DESCRIPTION	总账科目 GEN.LEN.A/C	明细科目 SUB.LED.A/C	借方金额 DEBIT AMT. 亿千百十万千百十元角分	贷方金额 CREDIT AMT. 亿千百十万千百十元角分	记账 P.R.
计提债券投资减值准备	资产减值损失		￥3 2 0 0 0 0		
	长期股权投资减值准备			￥3 2 0 0 0 0	
附件 张 ATTACHMENTS	合 计 TOTAL		￥3 2 0 0 0 0	￥3 2 0 0 0 0	

核准： APPROED 复核： CHERKED 记账： ENTERED 出纳： CASHIER 制单： PREPARED 张清 签收： RECEIER

附件：长期股权投资减值准备计提表

长期股权投资减值准备计提表

2010年3月31日

项 目	金 额	备 注
长期股权投资减值准备	3,200.00	
合 计	￥3,200.00	

业务71：计提职工教育经费

记 账 凭 证
VOUCHER

日期：2010 年 3 月 31 日
DATE： Y M D

转字第 3071 号
NO.

摘 要 DESCRIPTION	总账科目 GEN.LEN.A/C	明细科目 SUB.LED.A/C	借方金额 DEBIT AMT. 亿 千 百 十 万 千 百 十 元 角 分	贷方金额 CREDIT AMT. 亿 千 百 十 万 千 百 十 元 角 分	记账 P.R.
计提职工教育经费	生产成本		￥ 1 7 4 0 0		
	管理费用		￥ 3 9 0 0 0		
	销售费用		￥ 1 5 7 5 0		
	制造费用		￥ 6 7 5 0		
	其他应付款			￥ 7 8 9 0 0	
附件 张 ATTACHMENTS	合 计 TOTAL		￥ 7 8 9 0 0	￥ 7 8 9 0 0	

核准：   复核：   记账：   出纳：   制单：张清   签收：
APPROED   CHERKED   ENTERED   CASHIER   PREPARED   RECEIER

附件：计提费用表

计提费用表

2010年3月31日

费用项目：<u>职工教育经费</u>

序号	借方科目	金额	贷方科目	备注
1	生产成本	174.00	其他应付款	
	管理费用	390.00	其他应付款	
	销售费用	157.50	其他应付款	
	制造费用	67.50	其他应付款	
合　计			￥789.00	

业务72：结转制造费用

记　账　凭　证
VOUCHER

日期： 2010 年 3 月 30 日
DATE： Y　　M　　D

转字第 3072 号
NO.

摘　　要 DESCRIPTION	总账科目 GEN.LEN.A/C	明细科目 SUB.LED.A/C	借方金额 DEBIT AMT.										贷方金额 CREDIT AMT.										记账 P.R.√
			亿	千	百	十	万	千	百	十	元	角	分	亿	千	百	十	万	千	百	十	元	角	分	
结转制造费用	生产成本				￥	2	5	2	7	0	2	6												
	制造费用															￥	2	5	2	7	0	2	6	
附件　张 ATTACHMENTS	合　计　TOTAL				￥	2	5	2	7	0	2	6				￥	2	5	2	7	0	2	6	

核准：　　复核：　　　记账：　　　出纳：　　　制单： 张清　　　签收：
APPROED　CHERKED　　ENTERED　　CASHIER　　PREPARED　　　RECEIER

附件：结转账户余额表

结转账户余额表

2010年3月31日

序号	账户名称	借方余额	贷方余额	转向账户
1	制造费用		25,270.26	生产成本
合　计			￥25,270.26	

业务73：结转完工产品成本

记　账　凭　证
VOUCHER

日期： 2010 年 3 月 30 日
DATE： Y　M　D

转字第 3073 号
NO.

摘　　要 DESCRIPTION	总账科目 GEN.LEN.A/C	明细科目 SUB.LED.A/C	借方金额 DEBIT AMT. 亿千百十万千百十元角分	贷方金额 CREDIT AMT. 亿千百十万千百十元角分	记账 P.R.
结转完工产品成本	库存商品		￥1 0 5 6 3 2 0 2 3		
	生产成本			￥1 0 5 6 3 2 0 2 3	
附件　　张 ATTACHMENTS	合　计 TOTAL		￥1 0 5 6 3 2 0 2 3	￥1 0 5 6 3 2 0 2 3	

核准： APPROED　　复核： CHERKED　　记账： ENTERED　　出纳： CASHIER　　制单： PREPARED 耗清　　签收： RECEIER

附件：生产成本结转表

生产成本结转表

2010年3月31日

序号	账户名称	借方余额	贷方余额	转向账户
1	生产成本（已完工产品）		1.056.320.23	库存商品
2	生产成本（未完工产品）		111.055.99	不结转
账 户 余 额			￥111.055.99	

业务74：结转本月收入

记 账 凭 证
VOUCHER

日期： 2010 年 3 月 31 日
DATE： Y M D

转字第 3074 号
NO.

摘　　　要 DESCRIPTION	总账科目 GEN.LEN.A/C	明细科目 SUB.LED.A/C	借方金额 DEBIT AMT. 亿千百十万千百十元角分	贷方金额 CREDIT AMT. 亿千百十万千百十元角分	记账 P.R.
结转本年利润	主营业务收入		￥4 0 9 2 9 0 0 0 0		√
	营业外收入		￥6 2 5 0 0 0 0		
	本年利润			￥4 1 5 5 4 0 0 0 0	
附件　　张 ATTACHMENTS	合　　　计 TOTAL		￥4 1 5 5 4 0 0 0 0	￥4 1 5 5 4 0 0 0 0	

核准： APPROED　　复核： CHERKED　　记账： ENTERED　　出纳： CASHIER　　制单： PREPARED 张清　　签收： RECEIER

附件：结转账户余额表

结转账户余额表

2010年3月31日

序号	账户名称	借方余额	贷方余额	转向账户
1	主营业务收入		4,092,900.00	本年利润
2	营业外收入		62,500.00	本年利润
合　计			￥4,155,400.00	

业务75：结转本年利润

记　账　凭　证
VOUCHER

日期：2010 年 3 月 31 日
DATE： Y M D

转字第 3075 号
NO.

摘　　要 DESCRIPTION	总账科目 GEN.LEN.A/C	明细科目 SUB.LED.A/C	借方金额 DEBIT AMT. 亿千百十万千百十元角分	贷方金额 CREDIT AMT. 亿千百十万千百十元角分	记账 P.R. √
结转本年利润	本年利润		￥1 5 1 9 9 7 4 2 0		
	主营业务成本			￥4 5 4 7 0 2 6 2	
	营业税金及附加			￥3 8 1 5 8 0	
	管理费用			￥9 7 5 3 3 4 6	
	销售费用			￥6 4 8 6 7 5 0	
	财务费用			￥1 2 7 5 9 3 0	
	所得税			￥8 7 3 3 4 5 5 2	
	资产减值损失			￥1 2 9 5 0 0 0	
附件　张 ATTACHMENTS	合　计 TOTAL		￥1 5 1 9 9 7 4 2 0	￥1 5 1 9 9 7 4 2 0	

核准：　　复核：　　　记账：　　　出纳：　　　制单：张清　　签收：
APPROED　CHERKED　ENTERED　CASHIER　PREPARED　　RECEIER

📓 **附件：结转账户余额表**

结转账户余额表

2010年3月31日

序号	账户名称	借方余额（元）	贷方余额（元）	转向账户
1	主营业务成本		454,702.62	本年利润
2	营业税金及附加		3,815.80	
3	管理费用		97,533.46	
4	销售费用		64,867.50	
5	财务费用		12,759.30	
6	所得税		873,345.52	
7	资产减值损失		12,950.00	
	合　计		￥1,519,974.20	

业务76：结转未分配利润

记　账　凭　证
VOUCHER

日期 DATE: 2010 年Y 3 月M 31 日D　　　　　　转字第 3076 号 NO.

摘　要 DESCRIPTION	总账科目 GEN.LEN.A/C	明细科目 SUB.LED.A/C	借方金额 DEBIT AMT. 亿千百十万千百十元角分	贷方金额 CREDIT AMT. 亿千百十万千百十元角分	记账 P.R.
结转未分配利润	本年利润		￥2 6 3 5 4 2 5 8 0		√
	利润分配			￥2 6 3 5 4 2 5 8 0	
附件　张 ATTACHMENTS	合　计 TOTAL		￥2 6 3 5 4 2 5 8 0	￥2 6 3 5 4 2 5 8 0	

核准：　　复核：　　记账：　　出纳：　　制单：张清　　签收：
APPROED　CHERKED　ENTERED　CASHIER　PREPARED　RECEIER

113

附件：结转账户余额表

结转账户余额表

2010年3月31日

序号	账户名称	借方余额（元）	贷方余额（元）	转向账户
1	本年利润		2,635,425.80	利润分配
合　计			￥2,635,425.80	

第3章　明细分类账

　　张清在叔叔的公司里上班一个月了，一直都在处理原始凭证和记账凭证，账簿都没能摸到一下。不过看公司老会计的意思，张清工作努力，认真肯学，可能很快就会把账簿的明细账部分交给他来处理。所以趁着周末，张清又把堂哥张炜请出来，让他给讲讲明细分类账是怎么回事。

　　这一天，正是周六。张炜又把张清带到自己的办公室，两杯清茶在手，娓娓道来。

　　张炜说："张清，你刚才说的情况我都大概知道了，今天就和你说说账簿的事情。"

　　张清说："好啊，谢谢哥！"

　　张炜笑笑说："太客气了。咱们开始正题吧？"

　　张清说："好的。"

　　张炜说道："明细分类账，实际上是每个账户的流水账，是将每个会计凭证的内容，一一按照其发生的时间顺序填写在相应的会计科目的账簿中。"

3.1 账簿基础

张清在读书时，曾在教科书中看到各种账页的样式，但是现在真的需要选择账簿时，又有点不知如何是好。

张炜一听就乐了，道："这个啊，许多刚毕业的大学生都会有这样的问题，我当年刚毕业的时候也是，肚子里全是理论，到工作的时候发现不太好使。"

"是啊。"张清说道，"这个问题，我也问了问我们公司那个老会计，他说不用着急，一开始就把账本都搞好，先记明细账，遇到哪个记哪个，除了日记账以外，全用活页账，到需要的时候再调整就好了。"

张炜说："对，一开始就是要这样，这样的方式是非常适合新手的。在不熟悉各种账页的具体用法时，全部使用三栏活页账来记录明细账是明智的选择。"

3.1.1 三栏式账页的样式

张炜找出一本其他应收款账簿，拿给张清看，然后说道："三栏式账页，顾名思义，就是账页上有借方金额、贷方金额及余额三个金额栏的账页。其具体样式就是你手上的样子。（如下图所示）"

明细分类账

总账科目：　　其他应收款

明细科目：

2010年 月	日	凭证 种类	号数	摘　要	借　方　金　额 亿千百十万千百十元角分	贷　方　金　额 亿千百十万千百十元角分	借 或 贷	余　额 亿千百十万千百十元角分
3	1			上月余额			借	￥560000
3	10	银账	9	报款由出纳周慧个人赔偿	￥50000		借	￥610000
3	10	银账	11	报清预借差旅费	￥500000		借	￥1110000
3	14	银账	17	报销报销差旅费、还借款		￥500000	借	￥610000
3	26	银账	44	周慧赔付现金报款		￥50000	借	￥560000
3	29	银账	48	计提各项社会保险	￥1154530		借	￥1714530

三栏式账页的样式

3.1.2　活页账和定本账

张炜看着张清在翻看其他应收款账簿的账页样式，又接着说："你看，你手上拿的这一本，账页的左边是穿孔后用账本钉订在一起的，需要增减账页时，只需要将可拆的装订物拆下就可以了"。

"你再看看这一本。"说着，张炜又把一本定本账拿给张清，"你看，这样的由印刷厂做好的，页数已经定了的就是定本账，你看定本账中的账页，每页都有印好的页码，这样就不怕有人把账页偷换、偷撕掉什么的。"

"活页账的优点是使用和调整方便，缺点是账页增减、更改不易管理，容易滋生会计舞弊。定本账则安全性较高，但是却不够灵活。"

"所以定本账一般用于安全要求较高的现金日记账和银行日记账、各科目的总账等。凡是可以不用订本账的都可以采用活页账来记录。"

张清说："嗯，我想怎么选用账簿我基本有概念了。"

3.1.3　账簿的选用

张炜说："账簿的种类较多，所以企业在选用账簿之前，首先要选定企业相应账户的核算方式，然后再根据核算方式选择账簿的组合体系。不同特点企业，其适宜的核算方式和账簿组合体系，如表3.1所示。"

表3.1　不同特点企业的核算方式和账簿组合体系

规模	单位特点	应采用的核算形式	可设置的账簿体系
小规模企业	小规模纳税人	记账凭证核算形式	1.现金、银行存款日记账； 2.固定资产、材料、费用、明细账； 3.总账
		日记总账核算形式	1.现金、银行存款日记账； 2.日记总账； 3.固定资产、材料明细账
大中型企业	一般纳税人	科目汇总表核算形式，汇总记账凭证核算形式	1.现金、银行存款日记账； 2.固定资产、材料、应收（付）账款、其他应收应付款、长（短）期投资、实收资本、生产成本、费用等明细账； 3.总账（购货簿、销货簿）

117

续表

规模	单位特点	应采用的核算形式	可设置的账簿体系
大中型企业	收付款业务多转账业务少	多栏式日记账核算形式	1.四本多栏式日记账； 2.固定资产、材料、应收（付）账款、其他应收应付款、长（短）期投资、实收资本、生产成本、费用等明细账； 3.总账（购货簿、销货簿）
	收付款业务多转账业务亦多	多栏式日记账汇总转账凭证核算形式	1.四本多栏式日记账； 2.固定资产、材料、应收（付）账款、其他应收应付款、长（短）期投资、实收资本、生产成本、费用等明细账； 3.总账（购货簿、销货簿）
	转账业务较少	科目汇总表转账日记账核算形式	1.现金、银行存款日记账； 2.必要的明细账、转账日记账； 3.总账

3.1.4　更换账簿

张炜说："咱们再来说说如果你接手账务时，要进行的更换账簿的工作。"

"更换账簿？"张清睁大眼睛说，"要是账簿没用完的话，那不是很浪费么？"

张炜说："说是更换账簿，实际上是个不严格的说法，本来按理说换了重要的会计人员，应把之前的账务结清，把账簿换成新的，重新开始记账。但是由于各种原因，大部分企业并不这样做，一般只是把账结清，列出详细的账务结转表，然后继续在原账簿上记录。"

"虽说并不一定要更新账簿，但是学会账簿的更换操作也没什么坏处，以后肯定会常用到。"

张清说："好的。"

3.1.5　账簿的启用

"更换账簿，首先就是对新账簿进行启用的操作。"张炜说，"账簿在启用时，需要填写账簿启用表，其样式如下图所示。"

账 簿 启 用 表

单位名称	正翔电子设备有限公司			
账簿名称	应收账款明细分类账			
账簿号码	第 2010002 册			
账簿页数	本账簿共计 页			
启用日期	2010 年 3 月 1 日			

	负责人	职 务	姓 名	盖 章
	单位负责人			
	单位主管财会工作负责人	财务经理	陈家宝	宝际印家
	会计机构负责人			
	会计主管人员			

印花粘贴处

经 管 本 账 簿 人 员 一 览 表

职务	姓名	接管			移交			监交		
		年	月	日	年	月	日	职务	姓名	盖章
会计	杨涛	2010	3	1						张浩

账簿启用表的样式

通过 QB/T 1439-2005 标准认证

北京市财政局监制
北京市正大立信印刷厂承印

张炜指着账簿启用表说："你看这张表的上半部分，是在账簿新启用的时候填写的，而下半部分，可以看到经管人员的列表，当记录账簿的会计中途换人时，就要在经管人员列表中记录，经办相应的手续。"

3.1.6　填写账户目录表

张炜接着说："填写完账簿启用表后，在之后的账户使用过程中，还需要一步步填写账户目录表。账户目录表的主要作用是，方便对本账簿中相关账户的查找和使用。常见的账户目录表，样式如下图所示。"

账　户　目　录

顺序	编号	名称	页号	顺序	编号	名称	页号	顺序	编号	名称	页号	顺序	编号	名称	页号
1				26				51				76			
2				27				52				77			
3				28				53				78			
4				29				54				79			
5				30				55				80			
6				31				56				81			
7				32				57				82			
8				33				58				83			
9				34				59				84			
10				35				60				85			
11				36				61				86			
12				37				62				87			
13				38				63				88			
14				39				64				89			
15				40				65				90			
16				41				66				91			
17				42				67				92			
18				43				68				93			
19				44				69				94			
20				45				70				95			
21				46				71				96			
22				47				72				97			
23				48				73				98			
24				49				74				99			
25				50				75				100			

常见的账户目录表样式

3.2　记账的规则

说完账簿的相关内容，张炜喝了口水，休息了一会儿，又接着说起来："由于账簿是重要的会计文档，其内容都会长期保存，所以账簿的登记有着严格的规范，下面咱们就来说说这些规范。"

3.2.1　会计账簿的记账规则

张炜慢慢讲起来："会计账簿在进行登记操作时，需要遵循一定的记账规则，这些规则如下：

一、登记会计账簿时，要将会计凭证日期、编号、业务内容摘要、金额和其他有关资料逐项记入账内，做到数字准确、摘要清楚、登记及时、字迹工整。

二、登记完以后，要在记账凭证上签名或者盖章，并注明'√'号表示已经记账。

三、账簿中书写的文字和数字上面要留有适当空格，不要写满格，一般应占格距的1/2。

四、登记账簿要用蓝黑墨水或者碳素墨水书写，不得使用圆珠笔（银行的复写账簿除外）或者铅笔书写。

五、下列情况，可以用红色墨水记账。

- a.按照红字冲账的记账凭证，冲销错误记录；
- b.在不设借、贷等栏的多栏式账页中，登记减少数；
- c.在三栏式账户的余额栏前，未印明余额方向的，在余额栏内登记负数余额；
- d.根据国家统一的会计制度的规定可以用红字登记的其他会计记录。

六、各种账簿应按页次顺序连续登记，不得跳行、隔页。如果发生跳行、隔页，应当将空行、空页划线注销，或者注明'此行空白''此页空白'字样，并由记账人员签名或者盖章。

七、凡需要结出余额的账户，结出余额后，应当在"借或贷"等栏内注明借或贷。没有余额的账户，则应注明'平'字，并在余额栏填写'0'。

八、每一账页登记完毕时，应结出本页合计及余额，并在合计行的摘要栏内写'转下页'字样；然后，在下页的第一行将前页的余额转入，摘要栏内写'承前页'。"

3.2.2　记账数字的写法规则

张炜拿出一张空白账页来，指着上面的字迹说："在记账时，不但记账的字迹要求工整，要写正楷字，记账的数字在填写时也有相应的规定。这些规定是所有会计手写记录的通用要求。"

以下就是记账人员专用的阿拉伯数字的写法规则：

1. 数字写法

"关于数字的写法，规定有这么几条：

第一，在书写阿拉伯数字时，不得连笔写，必须一个一个地写。

第二，阿拉伯数字金额前必须书写货币币种符号（例如，￥200.00等）。

第三，币种符号与阿拉伯数字之间不得留有空白。这样可以防止有人在中间加入数字进行数额的篡改。

第四，如果在金额数字前书写了币种符号，数字后面就不必再写货币单位。就是说￥200.00元是错误的表达方式，要么￥200.00，要么记为200元。"

"另外，"张炜又说道，"会计人员记账使用的数字，必须使用专门的样式进行书写。这些写法在手工记账的情况下，能最大限度地保证账目中数字的不可更改性。专用的阿拉伯数字的写法，如图3.1所示。"

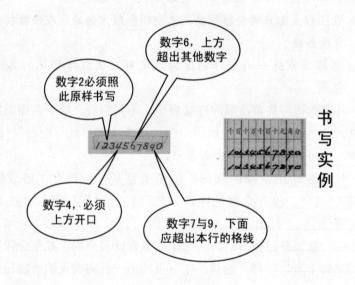

图3.1 会计专用的阿拉伯数字写法

张炜说："十个阿拉伯数字里，数字2写的时候必须像这样写，"说着话，张炜在纸上写了一个"2"，然后接着说："这个2写的时候，一定要把下面折的这一笔写成一个圆圈，这样可以避免一些别有居心的人把2改成3。"

"再看这个'4'字，"张炜又在纸上写了个"4"，说道："这个4，上方一定要开口，可以防止将4改为9。"

"再看这一排数字，"张炜说，"6要高出一些，7和9要低出来，其他数字都是上下对齐的，这样的安排也是为了使数字更易辨认，同时也能够很有效地防止数字被篡改。"

2. 尾数到分

"所有以元为单位的阿拉伯数字，除表示单价等情况外，一律填写到角分；无角分的，角位和分位可以填写'00'，或者填写符号'—'即'12.—'；有角无分的，分位应当填写'0'，即须写为'￥12.90'不得用符号'—'代替。"

特别说明：使用符号"—"代替角位、分位的"00"，这个仅对手写账簿，电子账簿还是需要输入"00"。

3. 大写金额

"在重要的财务文件上，为防止对重要数据的篡改，需要将数字金额用大写文字书写。这些大写文字，笔画较多，平常也并不常用，只有在财务文档中才使用。大写文字与阿拉伯数字及中文数字的对比表，如表3.2所示。

表3.2 大小写数字对比表

小写数字	中文数字	大写数字
0	〇	零
1	一	壹
2	二	贰
3	三	叁/参
4	四	肆
5	五	伍
6	六	陆
7	七	柒
8	八	捌
9	九	玖
10	十	拾
100	百	佰
1000	千	仟
10000	万	万
100000000	亿	亿
10000000000000	兆	兆

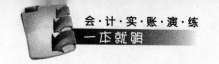
"在使用大写数字书写金额时，只要不是到分位都有数字的，大写数字后面都要跟个'整'字。如数字12.80，用大写数字写为'壹拾贰元捌角整'，而12.81则应写为'壹拾贰元捌角壹分'。"

"哇，这个大写数字对照表真全啊，我收藏啦。"张清这时叫道。

张炜笑着说："嗯，这个本来就是要给你的，你收着吧。"

顿了一下，张炜又接着说："而对于小写金额中的'0'，其在不同的位置，大写金额的写法也相应不同。小写数字中"0"的不同写法与规则，如表3.3所示。"

表3.3　大写金额中"0"的写法规则

小写数字	大写规则	实例	
		小写	大写
中间只有一个"0"的	只写一个"零"字	¥108.00	人民币壹佰零捌元整
中间连续有几个"0"的		¥10008.00	人民币壹万零捌元整
元位是"0"的	不写"零"字	¥1080.50	人民币壹千零捌拾元伍角整
		¥10800.50	人民币壹万零捌佰元伍角整
		¥100080.5	人民币壹拾万零捌拾元伍角整

4. 货币名称

"书写金额时，无论是大写数额还是小写数字，都要标出相应的币种。小写金额前一定要有货币符号，以说明币种；大写金额的数字前应有货币名称，如金额12.81元，在记账时，小写应写为'¥12.81'，大写则应写为'人民币壹拾贰元捌角壹分'。"

张清说："想不到会计工作这么严谨，写个数字也有这么多的要求和规定啊。"

张炜说："是啊，这些规定主要是为了保证会计记录的真实性和安全性，在开发票、写收据、填支票时，都可以用得到。"

说清说："嗯，我记下了。"

张炜说："那行，咱们今天就到这里吧，你以后有什么问题可以随时找我。"

3.3　日记账和明细分类账的登记

了解过上述知识后，张清就可以开始日记账和明细账的登记。需要注意的是，银行日记账和库存现金日记账一般由出纳填写。

库存现金日记账

库存现金 日记账

10年 月	日	字	号	银行凭证	摘要	借方（亿千百十万千百十元角分）	贷方（亿千百十万千百十元角分）	借或贷	余额（亿千百十万千百十元角分）	√
3	1				上月余额			借	￥200000	
3	1	转账	1		提现	￥2000000		借	￥2200000	
3	2	转账	2		发现现金短款		￥50000	借	￥2150000	
3	10	转账	11		结清预借差旅费		￥500000	借	￥1650000	
3	14	转账	17		结清报销差旅费，退借款	￥242000		借	￥1892000	
3	26	转账	44		周慧赔付现金短款	￥50000		借	￥1942000	
3	28	转账	46		零售销售款存入银行		￥580000	借	￥1362000	
3	29	转账	56		现金盘亏		￥10000	借	￥1352000	
3					本月合计	￥2292000	￥1140000	借	￥1352000	

银行存款日记账

银行存款 日记账

开户银行：中国工商银行
账　号：129876000K009

2010年 月	日	字	号	银行凭证	摘要	借方（亿千百十万千百十元角分）	贷方（亿千百十万千百十元角分）	借或贷	余额（亿千百十万千百十元角分）	√
3	1				上月余额			借	￥133002068	
3	2	转账	1		提现		￥2000000	借	￥131002068	
3	3	转账	3		企业自建厂房，购入建筑材料		￥22500000	借	￥108502068	
3	5	转账	4		借入工行短期借款	￥12000000		借	￥120502068	
3	6	转账	5		购设备一台，不需安装		￥28417600	借	￥92084468	
3	6	转账	7		汇票到期，款存入银行	￥8680000		借	￥100764468	
3	10	转账	8		收到新股东周林投资	￥50000000		借	￥150764468	
3	13	转账	10		接受国外基金捐赠	￥5000000		借	￥155764468	
3	14	转账	13		购买原材料		￥2925000	借	￥152839468	
3	15	转账	16		向工行缴纳信用证保证金		￥20000000	借	￥132839468	
3	16	转账	18		出售旧设备一台，款存入银行	￥15000000		借	￥147839468	
3	17	转账	20		购买模具		￥254700	借	￥147584768	
3	17	转账	22		整付信港公司原材料运杂费		￥200000	借	￥147384768	
3	18	转账	24		销售产品一批	￥350000000		借	￥497384768	
3	19	转账	25		汇往公司成都建行账户款		￥20000000	借	￥477384768	
3	20	转账	26		购入办公用品一批		￥45000	借	￥477339768	
3	20	转账	28		报销吴天浩工伤医药费		￥254900	借	￥477084868	
3	21	转账	30		银行退回剩余信用证保证金	￥2000000		借	￥479084868	
3	21	转账	31		存款利息	￥1538926		借	￥480623794	
3	21				转下页	￥444218926	￥96597200	借	￥480623794	

第 2 页

2010年 月 日	凭证 字	凭证 号	银行凭证	摘要	借方 亿千百十万千百十元角分	贷方 亿千百十万千百十元角分	借或贷	余额 亿千百十万千百十元角分	✓
3 1				接上页	¥4442189 26	¥9659720 0	借	¥4806237 94	
3 21	转账	32		票据贴现	¥1745400 00		借	¥4980779 94	
3 22	转账	35		转回成都建行账户金款	¥2000000 0		借	¥5000779 94	
3 23	转账	36		债务重组		¥3500000 0	借	¥4650779 94	
3 25	转账	38		购买现金支票和转账支票各6本		¥225 00	借	¥4650552 94	
3 25	转账	39		收回大正公司所欠货款	¥1117000 0		借	¥4662252 94	
3 25	转账	40		支付本月广告费		¥600000 0	借	¥4656252 94	
3 25	转账	41		支付电费		¥612000 0	借	¥4595052 94	
3 25	转账	43		支付水费		¥133000 0	借	¥4581752 94	
3 25	转账	43		支付信港公司原材料款		¥658600 0	借	¥4515892 94	
3 27	转账	45		销售产品一批	¥1649700 0		借	¥4680862 94	
3 28	转账	46		零售销售款存入银行	¥58000 0		借	¥4686662 94	
3 29	转账	57		支付本月印花税		¥288 00	借	¥4686374 94	
3 29	转账	58		支付本月员工工资		¥5500000 0	借	¥4136374 94	
3 29	转账	59		支付五险一金两费		¥2557500 0	借	¥1074270 68	
				本月合计	¥9807499 26	¥22685950 0	借	¥5880624 94	

其他货币资金明细账

明细分类账

总账科目：　其他货币资金

明细科目：＿＿＿＿＿＿＿＿＿

2010年 月 日	凭证 种类	凭证 号数	摘要	借方金额 亿千百十万千百十元角分	贷方金额 亿千百十万千百十元角分	借或贷	余额 亿千百十万千百十元角分	✓
3 1			上月金额			借	¥1235000 00	
3 14	转账	16	向工行缴纳信用证保证金	¥2000000 00		借	¥3235000 00	
3 16	转账	21	使用信用证保证金支付货款		¥18000000 0	借	¥1435000 00	
3 18	转账	25	汇程公司成都建行账户款	¥2000000 00		借	¥3435000 00	
3 20	转账	30	银行退回剩余信用证保证金		¥2000000 00	借	¥1435000 00	
3 22	转账	34	使用成都建行账户支付货款		¥18000000 0	借	¥1435000 00	
3 22	转账	35	转回成都建行账户金款		¥2000000 00	借	¥1235000 00	

其他货币资金——信用证保证金明细账

明细分类账

总账科目： 其他货币资金
明细科目： 信用证保证金

2010年 月	日	凭证 种类	号数	摘要	借方金额	贷方金额	借或贷	余额	√
3	1			上月余额				¥123500000	
3	14	转账	16	向工行缴纳信用证保证金	¥20000000		借	¥323500000	
3	16	转账	21	使用信用证保证金支付货款		¥180000000	借	¥143500000	
3	20	转账	30	银行退回剩余信用证保证金		¥20000000		¥123500000	

其他货币资金——外埠存款明细账

明细分类账

总账科目： 其他货币资金
明细科目： 外埠存款

2010年 月	日	凭证 种类	号数	摘要	借方金额	贷方金额	借或贷	余额	√
3	1			上月余额				¥0	
3	18	转账	25	汇程公司成都建行账户款	¥200000000		借	¥200000000	
3	22	转账	34	使用成都建行账户支付货款		¥180000000	借	¥20000000	
3	22	转账	35	转回成都建行账户余款		¥20000000		¥0	

交易性金融资产明细账

明细分类账

总账科目： 交易性金融资产
明细科目：

2010年		凭证		摘　要	借方金额										贷方金额										借或贷	余　额										√
月	日	种类	号数		亿	千	百	十	万	千	百	十	元	角	分	亿	千	百	十	万	千	百	十	元	角	分		亿	千	百	十	万	千	百	十	元	角	分
3	1			上月余额																							借			¥	9	6	8	0	0	0	0	0

应收票据明细账

明细分类账

总账科目： 应收票据
明细科目：

2010年		凭证		摘　要	借方金额										贷方金额										借或贷	余　额										√
月	日	种类	号数		亿	千	百	十	万	千	百	十	元	角	分	亿	千	百	十	万	千	百	十	元	角	分		亿	千	百	十	万	千	百	十	元	角	分
3	1			上月余额																							借				¥	8	6	8	0	0	0	0
3	6	转账	7	汇票到期，款存入银行															¥	8	6	8	0	0	0	0										¥	0
3	21	转账	32	票据贴现															¥	1	8	9	5	4	0	0	0	贷				¥	1	8	9	5	4	0	0	0
3	21	转账	33	销售产品一批						¥	1	8	9	5	4	0	0	0																				¥	0

应收账款明细分类账

明细分类账

总账科目： 应收账款
明细科目：

2010年		凭证		摘　要	借方金额										贷方金额										借或贷	余　额										√
月	日	种类	号数		亿	千	百	十	万	千	百	十	元	角	分	亿	千	百	十	万	千	百	十	元	角	分		亿	千	百	十	万	千	百	十	元	角	分
3	1			上月余额																							借			¥	6	8	7	6	5	0	0	
3	5	转账	6	销售产品一批					¥	1	1	7	0	0	0												借			¥	8	0	4	6	5	0	0	
3	13	转账	14	销售产品一批				¥	3	2	7	4	8	3	0	0												借		¥	4	0	7	9	4	8	0	0	
3	25	转账	39	收回大正公司所欠货款																¥	1	1	7	0	0	0	0	借		¥	3	9	6	2	4	8	0	0	

128

应收账款——大正公司明细分类账

明细分类账

总账科目：　应收账款

明细科目：　大正公司

2010 年		凭证		摘　要	借方金额										贷方金额										借或贷	余　额										√
月	日	种类	号数		亿	千	百	十	万	千	百	十	元	角	分	亿	千	百	十	万	千	百	十	元	角	分		亿	千	百	十	万	千	百	十	元	角	分
3	1			上月余额																							借			¥	6	8	7	6	5	0	0	
3	5	转账	6	销售产品一批			¥	1	1	7	0	0	0	0													借			¥	8	0	4	6	5	0	0	
3	13	转账	14	销售产品一批			¥	3	2	7	4	8	3	0	0												借		¥	4	0	7	9	4	8	0	0	
3	25	转账	39	收回大正公司所欠货款															¥	1	1	7	0	0	0	0	借			¥	3	9	6	2	4	8	0	0	

坏账准备明细分类账

明细分类账

总账科目：　坏账准备

明细科目：　

2010 年		凭证		摘　要	借方金额										贷方金额										借或贷	余　额										√
月	日	种类	号数		亿	千	百	十	万	千	百	十	元	角	分	亿	千	百	十	万	千	百	十	元	角	分		亿	千	百	十	万	千	百	十	元	角	分
3	1			上月余额																							贷				¥	1	5	0	0	0	0	
3	31	转账	68	计提坏账准备															¥	9	7	5	0	0	0	贷			¥	1	1	2	5	0	0	0	

预付账款明细分类账

明细分类账

总账科目： 预付账款
明细科目：

2010年		凭证		摘　要	借　方　金　额										贷　方　金　额										借或贷	余　额										√
月	日	种类	号数		亿	千	百	十	万	千	百	十	元	角	分	亿	千	百	十	万	千	百	十	元	角	分		亿	千	百	十	万	千	百	十	元	角	分
3	1			上月余额																							借									¥	0	

其他应收款明细分类账

明细分类账

总账科目： 其他应收款
明细科目：

2010年		凭证		摘　要	借　方　金　额										贷　方　金　额										借或贷	余　额										√
月	日	种类	号数		亿	千	百	十	万	千	百	十	元	角	分	亿	千	百	十	万	千	百	十	元	角	分		亿	千	百	十	万	千	百	十	元	角	分
3	1			上月余额																							借					¥	5	6	0	0	0	0
3	10	转账	9	短款由出纳周慧个人赔偿						¥	5	0	0	0	0												借					¥	6	1	0	0	0	0
3	10	转账	11	转清预销差旅费					¥	5	0	0	0	0	0												借				¥	1	1	1	0	0	0	0
3	14	转账	17	转清报销差旅费,还借款																¥	5	0	0	0	0	0	借					¥	6	1	0	0	0	0
3	26	转账	44	周慧赔付现金短款																	¥	5	0	0	0	0	借					¥	5	6	0	0	0	0
3	29	转账	48	计提各项社会保险					¥	1	1	5	4	5	3	0												借				¥	1	7	1	4	5	3	0

其他应收款——周慧明细分类账

明细分类账

总账科目: <u>其他应收款</u>
明细科目: <u>周慧</u>

2010年 月	日	凭证 种类	号数	摘 要	借方金额 亿千百十万千百十元角分	贷方金额 亿千百十万千百十元角分	借或贷	余 额 亿千百十万千百十元角分	√
3	1			上月余额				¥0	
3	10	转账	9	短款由出纳周慧个人赔偿	¥50000 0		借	¥50000 0	
3	26	转账	44	周慧赔付现金短款		¥50000 0		¥0	

其他应收款——张清明细分类账

明细分类账

总账科目: <u>其他应收款</u>
明细科目: <u>张清</u>

2010年 月	日	凭证 种类	号数	摘 要	借方金额 亿千百十万千百十元角分	贷方金额 亿千百十万千百十元角分	借或贷	余 额 亿千百十万千百十元角分	√
3	1			上月余额				¥56000 0	
3	10	转账	11	张清预借差旅费	¥50000 0		借	¥106000 0	

材料采购明细分类账

明细分类账

总账科目： 材料采购

明细科目：＿＿＿＿＿＿＿＿

2010年		凭证		摘　要	借　方　金　额										贷　方　金　额										借或贷	余　额										√
月	日	种类	号数		亿	千	百	十	万	千	百	十	元	角	分	亿	千	百	十	万	千	百	十	元	角	分		亿	千	百	十	万	千	百	十	元	角	分	
3	1			上月余额																							借										￥	0	

原材料明细分类账

明细分类账

总账科目： 原材料

明细科目：＿＿＿＿＿＿＿＿

2010年		凭证		摘　要	借　方　金　额										贷　方　金　额										借或贷	余　额										√
月	日	种类	号数		亿	千	百	十	万	千	百	十	元	角	分	亿	千	百	十	万	千	百	十	元	角	分		亿	千	百	十	万	千	百	十	元	角	分	
3	1			上月余额																							借		￥	3	2	5	3	5	3	4	3	
3	13	转账	13	购买原材料				￥	2	5	0	0	0	0	0												借		￥	3	5	0	3	5	3	4	3	
3	17	转账	23	购入原材料，款未付				￥	5	8	0	0	0	0	0												借		￥	4	0	8	3	5	3	4	3	
3	29	转账	50	盘亏毁货															￥	2	1	0	0	0	0	借		￥	4	0	6	2	5	3	4	3	
3	30	转账	60	本月领用材料															￥	2	2	0	4	6	0	0	0	借		￥	1	8	5	7	9	3	4	3	

库存商品明细分类账

明细分类账

总账科目： 库存商品
明细科目：

2010年		凭证		摘　要	借　方　金　额										贷　方　金　额										借或贷	余　　额										√
月	日	种类	号数		亿	千	百	十	万	千	百	十	元	角	分	亿	千	百	十	万	千	百	十	元	角	分	亿	千	百	十	万	千	百	十	元	角	分	
3	1			上月余额																							借		¥	2	0	1	2	5	0	0	0	
3	16	转账	21	使用信用证保证金支付货款		¥	1	8	0	0	0	0	0	0	0												借		¥	3	8	1	2	5	0	0	0	
3	22	转账	34	使用成都建行账户支付货款		¥	1	8	0	0	0	0	0	0	0												借		¥	5	6	1	2	5	0	0	0	
3	29	转账	53	盘盈空调1台				¥	1	0	0	0	0	0	0												借		¥	5	6	2	2	5	0	0	0	
3	30	转账	64	结转销售成本														¥	4	5	4	7	0	2	6	2	借		¥	1	0	7	5	4	7	3	8	
3	30	转账	73	结转完工产品成本		¥	1	0	5	6	3	2	0	2	3												借		¥	1	1	6	3	8	6	7	6	1	

委托加工物资明细分类账

明细分类账

总账科目： 委托加工物资
明细科目：

2010年		凭证		摘　要	借　方　金　额											贷　方　金　额											借或贷	余　　额										√
月	日	种类	号数		亿	千	百	十	万	千	百	十	元	角	分	亿	千	百	十	万	千	百	十	元	角	分	亿	千	百	十	万	千	百	十	元	角	分	
3	1			上月余额																							借				¥	3	5	0	0	0	0	

周转材料明细分类账

明细分类账

总账科目：　周转材料

明细科目：＿＿＿＿＿＿＿

2010年		凭证		摘　要	借　方　金　额										贷　方　金　额										借或贷	余　额										√
月	日	种类	号数		亿	千	百	十	万	千	百	十	元	角	分	亿	千	百	十	万	千	百	十	元	角	分		亿	千	百	十	万	千	百	十	元	角	分	
3	1			上月余额																							借			￥	1	0	0	0	0	0	0	

存货跌价准备明细分类账

明细分类账

总账科目：　存货跌价准备

明细科目：＿＿＿＿＿＿＿

2010年		凭证		摘　要	借　方　金　额										贷　方　金　额										借或贷	余　额										√
月	日	种类	号数		亿	千	百	十	万	千	百	十	元	角	分	亿	千	百	十	万	千	百	十	元	角	分		亿	千	百	十	万	千	百	十	元	角	分	
3	1			上月余额																							贷			￥	8	0	0	0	0	0	0	

一年内到期的非流动资产明细分类账

明细分类账

总账科目：一年内到期的非流动资产

明细科目：＿＿＿＿＿＿＿＿＿＿＿

2010 年		凭证		摘　　要	借 方 金 额										贷 方 金 额										借或贷	余　　额										✓
月	日	种类	号数		亿	千	百	十	万	千	百	十	元	角	分	亿	千	百	十	万	千	百	十	元	角	分		亿	千	百	十	万	千	百	十	元	角	分
3	1			上月余额																							借		¥	2	1	0	0	0	0	0	

持有至到期投资明细分类账

明细分类账

总账科目：持有至到期投资

明细科目：＿＿＿＿＿＿＿＿＿＿＿

2010 年		凭证		摘　　要	借 方 金 额										贷 方 金 额										借或贷	余　　额										✓
月	日	种类	号数		亿	千	百	十	万	千	百	十	元	角	分	亿	千	百	十	万	千	百	十	元	角	分		亿	千	百	十	万	千	百	十	元	角	分
3	1			上月余额																							借		¥	5	7	3	0	0	0	0	

持有至到期投资减值准备明细分类账

明细分类账

总账科目：持有至到期投资减值准备

明细科目：＿＿＿＿＿＿＿＿

2010年		凭证		摘　要	借方金额											贷方金额											借或贷	余额											✓
月	日	种类	号数		亿	千	百	十	万	千	百	十	元	角	分	亿	千	百	十	万	千	百	十	元	角	分		亿	千	百	十	万	千	百	十	元	角	分	
3	1			上月余额																							贷			3	1	2	0	0	0	0	0	

可供出售金融资产明细分类账

明细分类账

总账科目：可供出售金融资产

明细科目：＿＿＿＿＿＿＿＿

2010年		凭证		摘　要	借方金额											贷方金额											借或贷	余额											✓
月	日	种类	号数		亿	千	百	十	万	千	百	十	元	角	分	亿	千	百	十	万	千	百	十	元	角	分		亿	千	百	十	万	千	百	十	元	角	分	
3	1			上月余额																							借			3	8	5	0	0	0	0	0	

长期股权投资明细分类账

明细分类账

总账科目： 长期股权投资

明细科目：

2010 年		凭证		摘 要	借 方 金 额												贷 方 金 额												借或贷	余 额												√
月	日	种类	号数		亿	千	百	十	万	千	百	十	元	角	分	亿	千	百	十	万	千	百	十	元	角	分		亿	千	百	十	万	千	百	十	元	角	分	
3	1			上月余额																							借		￥	2	5	3	6	0	0	0	0	

长期股权投资减值准备明细分类账

明细分类账

总账科目： 长期股权投资减值准备

明细科目：

2010 年		凭证		摘 要	借 方 金 额												贷 方 金 额												借或贷	余 额												√
月	日	种类	号数		亿	千	百	十	万	千	百	十	元	角	分	亿	千	百	十	万	千	百	十	元	角	分		亿	千	百	十	万	千	百	十	元	角	分	
3	1			上月余额																							贷			￥	1	5	0	0	0	0	0	
3	31	转账	70	计提债券投资减值准备														￥	3	2	0	0	0	0		贷			￥	1	8	2	0	0	0	0	

投资性房地产明细分类账

明细分类账

总账科目： 投资性房地产
明细科目：

2010年		凭证		摘要	借方金额 亿千百十万千百十元角分	贷方金额 亿千百十万千百十元角分	借或贷	余额 亿千百十万千百十元角分	√
月	日	种类	号数						
3	1			上月余额			借	¥2 5 0 0 0 0 0 0 0	

固定资产明细分类账

明细分类账

总账科目： 固定资产
明细科目：

2010年		凭证		摘要	借方金额 亿千百十万千百十元角分	贷方金额 亿千百十万千百十元角分	借或贷	余额 亿千百十万千百十元角分	√
月	日	种类	号数						
3	1			上月余额			借	¥6 8 5 9 0 0 0 0 0	
3	5	转账	5	购设备一台，不需安装	¥2 8 4 1 7 6 0 0		借	¥9 7 0 0 7 6 0 0	
3	13	转账	15	准备出借旧设备一台		¥1 9 0 0 0 0 0 0	借	¥7 8 0 0 7 6 0 0	
3	16	转账	20	购买模具	¥2 5 4 7 0 0		借	¥7 8 2 6 2 3 0 0	
3	28	转账	47	一车间整修完毕	¥1 1 0 0 0 0 0 0		借	¥8 9 2 6 2 3 0 0	
3	29	转账	51	盘亏模具设备1台		¥5 0 0 0 0 0 0	借	¥8 4 2 6 2 3 0 0	
3	29	转账	52	盘盈焊机设备1台	¥4 5 0 0 0 0 0		借	¥8 8 7 6 2 3 0 0	

累计折旧明细分类账

明细分类账

总账科目：__累计折旧__

明细科目：_____

2010年 月	日	凭证 种类	号数	摘要	借方金额	贷方金额	借或贷	余额	√
3	1			上月余额			贷	¥13670000	
3	13	转账	15	准备出售旧设备一台	¥5250000		贷	¥8420000	
3	29	转账	49	计提三月份折旧		¥1687500	贷	¥10107500	
3	29	转账	51	盘亏模具设备1台	¥1500000		贷	¥8607500	
3	29	转账	52	盘盈焊机设备1台		¥3500000	贷	¥12107500	

固守资产减值准备明细分类账

明细分类账

总账科目：__固守资产减值准备__

明细科目：_____

2010年 月	日	凭证 种类	号数	摘要	借方金额	贷方金额	借或贷	余额	√
3	1			上月余额			贷	¥1160055	

在建工程明细分类账

明细分类账

总账科目：　在建工程

明细科目：

2010年		凭证		摘　要	借　方　金　额											贷　方　金　额											借或贷	余　　额											√
月	日	种类	号数		亿	千	百	十	万	千	百	十	元	角	分	亿	千	百	十	万	千	百	十	元	角	分		亿	千	百	十	万	千	百	十	元	角	分	
3	1			上月余额																							借			￥	8	0	1	2	3	7	5	
3	2	转账	3	企业自建厂房，购入建筑材料		￥	2	2	5	0	0	0	0	0													借			￥	3	0	5	1	2	3	7	5	
3	25	转账	37	本月工程修建人员工资及福利费		￥	3	3	9	5	6	8	0	0													借			￥	6	4	4	6	9	1	7	5	
3	28	转账	47	一车间整修完毕													￥	1	1	0	0	0	0	0	0		借			￥	5	3	4	6	9	1	7	5	
3	29	转账	54	退回之前领用的工程物资														￥	3	0	0	0	0	0	0		借			￥	5	0	4	6	9	1	7	5	

工程物资明细分类账

明细分类账

总账科目：　工程物资

明细科目：

2010年		凭证		摘　要	借　方　金　额											贷　方　金　额											借或贷	余　　额											√
月	日	种类	号数		亿	千	百	十	万	千	百	十	元	角	分	亿	千	百	十	万	千	百	十	元	角	分		亿	千	百	十	万	千	百	十	元	角	分	
3	1			上月余额																							借				￥	3	0	0	0	0	0	0	
3	29	转账	54	退回之前领用的工程物资			￥	3	0	0	0	0	0	0													借				￥	6	0	0	0	0	0	0	

固定资产清理明细分类账

明细分类账

总账科目：　固定资产清理
明细科目：＿＿＿＿＿＿＿＿

2010年 月	日	凭证 种类	号数	摘　要	借方金额	贷方金额	借或贷	余　额	√
3	1			上月余额			借	¥2000000	
3	13	转账	15	准备出借旧设备一台	¥13750000		借	¥13950000	
3	15	转账	18	出借旧设备一台，款存入银行		¥15000000	贷	¥10500000	
3	15	转账	19	清理固定资产	¥1250000		借	¥2000000	

无形资产明细分类账

明细分类账

总账科目：　无形资产
明细科目：＿＿＿＿＿＿＿＿

2010年 月	日	凭证 种类	号数	摘　要	借方金额	贷方金额	借或贷	余　额	√
3	1			上月余额			借	¥3260000	

累计摊销明细分类账

明细分类账

总账科目：<u>　累计摊销　</u>

明细科目：<u>　　　　　　</u>

2010年		凭证		摘要	借方金额										贷方金额										借或贷	余额										√
月	日	种类	号数		亿	千	百	十	万	千	百	十	元	角	分	亿	千	百	十	万	千	百	十	元	角	分		亿	千	百	十	万	千	百	十	元	角	分	
3	1			上月余额																								贷		¥	2	0	0	0	0	0	0	
3	29	转账	55	土地使用权摊销														¥	2	2	0	0	0	0			贷		¥	2	2	2	0	0	0	0	

无形资产减值准备明细分类账

明细分类账

总账科目：<u>无形资产减值准备</u>

明细科目：<u>　　　　　　</u>

2010年		凭证		摘要	借方金额										贷方金额										借或贷	余额										√
月	日	种类	号数		亿	千	百	十	万	千	百	十	元	角	分	亿	千	百	十	万	千	百	十	元	角	分		亿	千	百	十	万	千	百	十	元	角	分	
3	1			上月余额																								贷		¥	2	3	0	0	0	9	5	

长期待摊费用明细分类账

明细分类账

总账科目： 长期待摊费用

明细科目： _____

2010年		凭证		摘要	借方金额									贷方金额									借或贷	余额									√
月	日	种类	号数		亿	千	百	十	万	千	百	十	元	角	分	亿	千	百	十	万	千	百	十	元	角	分		亿	千	百	十	万	千	百	十	元	角	分	
3	1			上月余额																							借			￥	2	8	5	0	0	0	0	
3	11	转账	12	开办费摊销															￥	2	0	0	5	0	0	借			￥	2	6	4	9	5	0	0	

待处理财产损溢明细分类账

明细分类账

总账科目： 待处理财产损溢

明细科目： _____

2010年		凭证		摘要	借方金额									贷方金额									借或贷	余额									√
月	日	种类	号数		亿	千	百	十	万	千	百	十	元	角	分	亿	千	百	十	万	千	百	十	元	角	分		亿	千	百	十	万	千	百	十	元	角	分	
3	1			上月余额																															￥	0		
3	2	转账	2	发现现金短款						￥	5	0	0	0	0												借						￥	5	0	0	0	0	
3	10	转账	9	短款由出纳周慧个人赔偿																	￥	5	0	0	0	0	平								￥	0		
3	29	转账	50	盘亏商货						￥	2	1	0	0	0												借						￥	2	1	0	0	0	
3	29	转账	51	盘亏模具设备1台					￥	3	5	0	0	0	0												借					￥	3	7	1	0	0	0	
3	29	转账	53	盘盈空调1台																￥	1	0	0	0	0	0	借					￥	3	6	1	0	0	0	
3	29	转账	56	现金盘亏							￥	1	0	0	0												借					￥	3	6	2	0	0	0	

短期借款明细分类账

明细分类账

总账科目：__短期借款__

明细科目：_____

2010年		凭证		摘要	借方金额										贷方金额										借或贷	余额										✓
月	日	种类	号数		亿	千	百	十	万	千	百	十	元	角	分	亿	千	百	十	万	千	百	十	元	角	分		亿	千	百	十	万	千	百	十	元	角	分	
3	1			上月余额																							贷		¥	5	0	2	5	0	0	0	0	
3	3	转账	4	借入工行短期借款													¥	1	2	0	0	0	0	0	0	0	贷		¥	6	2	2	5	0	0	0	0	

交易性金融负债明细分类账

明细分类账

总账科目：__交易性金融负债__

明细科目：_____

2010年		凭证		摘要	借方金额										贷方金额										借或贷	余额										✓
月	日	种类	号数		亿	千	百	十	万	千	百	十	元	角	分	亿	千	百	十	万	千	百	十	元	角	分		亿	千	百	十	万	千	百	十	元	角	分	
3	1			上月余额																							贷		¥	2	8	7	3	5	0	0	0	

应付票据明细分类账

明细分类账

总账科目：　应付票据

明细科目：＿＿＿＿＿＿＿＿＿

2010 年		凭证		摘　要	借　方　金　额										贷　方　金　额										借或贷	余　额										✓
月	日	种类	号数		亿	千	百	十	万	千	百	十	元	角	分	亿	千	百	十	万	千	百	十	元	角	分		亿	千	百	十	万	千	百	十	元	角	分
3	1			上月金额																																￥	0	

应付账款明细分类账

明细分类账

总账科目：　应付账款

明细科目：＿＿＿＿＿＿＿＿＿

2010 年		凭证		摘　要	借　方　金　额											贷　方　金　额											借或贷	余　额											✓
月	日	种类	号数		亿	千	百	十	万	千	百	十	元	角	分	亿	千	百	十	万	千	百	十	元	角	分		亿	千	百	十	万	千	百	十	元	角	分	
3	1			上月金额																							贷		￥	4	1	6	3	6	0	0	0	
3	17	转账	22	垫付信港公司原材料运杂费				￥	2	0	0	0	0	0													贷		￥	4	1	4	3	6	0	0	0	
3	17	转账	23	购入原材料，款未付															￥	6	7	8	6	0	0	0	贷		￥	4	8	2	2	2	0	0	0	
3	23	转账	36	债务重组			￥	4	0	0	0	0	0	0	0												贷		￥	4	8	2	2	2	0	0	0	
3	25	转账	43	支付信港公司原材料款				￥	6	5	8	6	0	0	0												贷		￥	4	1	6	3	6	0	0	0	

应付职工薪酬明细分类账

明细分类账

总账科目: 应付职工薪酬
明细科目: _____

2010年 月	日	凭证 种类	号数	摘要	借方金额	贷方金额	借或贷	余额	√
3	1			上月金额			贷	¥368000.85	
3	19	转账	27	计提本月员工工资		¥550000.00	贷	¥586800.85	
3	20	转账	28	根据关浩工伤医药费	¥2549.00		贷	¥584251.85	
3	20	转账	29	计提本月五险一金两费		¥192500.00	贷	¥776751.85	
3	20	转账	29	计提本月五险一金两费		¥44000.00	贷	¥820751.85	
3	20	转账	29	计提本月五险一金两费		¥11000.00	贷	¥831751.85	
3	20	转账	29	计提本月五险一金两费		¥8250.00	贷	¥840001.85	
3	25	转账	37	本月工程修建人员工资及福利费		¥33458.00	贷	¥1174581.85	
3	25	转账	37	本月工程修建人员工资及福利费		¥4988.00	贷	¥1179569.85	
3	29	转账	58	支付本月员工工资	¥550000.00		贷	¥629569.85	
3	29	转账	59	支付五险一金两费	¥192500.00		贷	¥437069.85	
3	29	转账	59	支付五险一金两费	¥44000.00		贷	¥393069.85	
3	29	转账	59	支付五险一金两费	¥11000.00		贷	¥382069.85	
3	29	转账	59	支付五险一金两费	¥8250.00		贷	¥373819.85	
3	30	转账	61	分配福利费用		¥7364.00	贷	¥381183.85	
3	30	转账	62	分配工资费用		¥52600.00	贷	¥433783.85	

应付职工薪酬——工资明细分类账

明细分类账

总账科目: 应付职工薪酬
明细科目: 工资

2010年 月	日	凭证 种类	号数	摘要	借方金额	贷方金额	借或贷	余额	√
3	1			上月金额			贷	¥0	
3	19	转账	27	计提本月员工工资		¥550000.00	贷	¥550000.00	
3	25	转账	37	本月工程修建人员工资及福利费		¥33458.00	贷	¥583458.00	
3	29	转账	58	支付本月员工工资	¥550000.00		贷	¥33458.00	
3	30	转账	62	分配工资费用		¥52600.00	贷	¥87180.00	

应付职工薪酬——福利费明细分类账

明细分类账

总账科目： 应付职工薪酬

明细科目： 福利费

2010年		凭证		摘要	借方金额										贷方金额										借或贷	余额										√
月	日	种类	号数		亿	千	百	十	万	千	百	十	元	角	分	亿	千	百	十	万	千	百	十	元	角	分		亿	千	百	十	万	千	百	十	元	角	分	
3	1			上月金额																																￥	0		
3	20	转账	28	报销吴天治工伤医药费				￥	2	5	4	9	0	0													借					￥	2	5	4	9	0	0	
3	25	转账	37	本月工程修建人员工资及福利费															￥	4	9	8	8	0	0	贷					￥	2	4	3	9	0	0	
3	30	转账	61	分配福利费用															￥	7	3	6	4	0	0	贷					￥	9	8	0	3	0	0	

应付职工薪酬——初会保险费明细分类账

明细分类账

总账科目： 应付职工薪酬

明细科目： 社会保险费

2010年		凭证		摘要	借方金额										贷方金额										借或贷	余额										√
月	日	种类	号数		亿	千	百	十	万	千	百	十	元	角	分	亿	千	百	十	万	千	百	十	元	角	分		亿	千	百	十	万	千	百	十	元	角	分	
3	1			上月金额																																￥	0		
3	20	转账	29	计提本月五险一金两费													￥	1	9	2	5	0	0	0	0	贷		￥	1	9	2	5	0	0	0	0	
3	29	转账	59	支付五险一金两费		￥	1	9	2	5	0	0	0	0																							￥	0		

应付职工薪酬——住房公积金明细分类账

<u>明细分类账</u>

总账科目：　　应付职工薪酬

明细科目：　　住房公积金

2010年		凭证		摘要	借方金额										贷方金额										借或贷	余额										✓
月	日	种类	号数		亿	千	百	十	万	千	百	十	元	角	分	亿	千	百	十	万	千	百	十	元	角	分		亿	千	百	十	万	千	百	十	元	角	分	
3	1			上月余额																																	￥	0	
3	20	转账	29	计提本月五险一金两费															￥	4	4	0	0	0	0	0	贷					￥	4	4	0	0	0	0	0
3	29	转账	59	支付五险一金两费					￥	4	4	0	0	0	0	0																					￥	0	

应付职工薪酬——工会经费明细分类账

<u>明细分类账</u>

总账科目：　　应付职工薪酬

明细科目：　　工会经费

2010年		凭证		摘要	借方金额										贷方金额										借或贷	余额										✓
月	日	种类	号数		亿	千	百	十	万	千	百	十	元	角	分	亿	千	百	十	万	千	百	十	元	角	分		亿	千	百	十	万	千	百	十	元	角	分	
3	1			上月余额																							贷			￥	4	6	2	8	2	4	9	
3	20	转账	29	计提本月五险一金两费															￥	1	1	0	0	0	0	0	贷			￥	1	1	0	0	0	0	0
3	29	转账	59	支付五险一金两费					￥	1	1	0	0	0	0	0												贷			￥	4	6	2	8	2	4	9	

应付职工薪酬——职工教育经费明细分类账

明细分类账

总账科目： 应付职工薪酬
明细科目： 职工教育经费

2010年 月	日	凭证 种类	号数	摘要	借方金额	贷方金额	借或贷	余额	✓
3	1			上月余额				¥0	
3	20	转账	29	计提本月五险一金两费		¥825000	贷	¥825000	
3	29	转账	59	支付五险一金两费	¥825000			¥0	

应交税费明细分类账

明细分类账

总账科目： 应交税费
明细科目：

2010年 月	日	凭证 种类	号数	摘要	借方金额	贷方金额	借或贷	余额	✓
3	1			上月余额			贷	¥4628249	
3	5	转账	6	销售产品一批		¥170000	贷	¥4798249	
3	10	转账	10	接受国外基金捐赠		¥165000	贷	¥4964249	
3	13	转账	13	购买原材料	¥425000		贷	¥6023249	
3	13	转账	14	销售产品一批		¥4758300	贷	¥10781549	
3	17	转账	23	购入原材料，款未付	¥986000		贷	¥9795549	
3	21	转账	33	销售产品一批		¥2754000	贷	¥12549549	
3	25	转账	41	支付电费	¥889231		贷	¥11660318	
3	25	转账	42	支付水费	¥153009		贷	¥11507309	
3	27	转账	45	销售产品一批		¥2397000	贷	¥13904309	
3	30	转账	63	计算本期应交所得税		¥8733455 2	贷	¥101238861	
3	31	转账	69	计提营业税金、城建税及教育费附加税		¥381580	贷	¥101620441	

应交税费——应交增值税（进项税额）明细分类账

明细分类账

总账科目：　　　应交税费
明细科目：应交增值税（进项税额）

2010年		凭证		摘　　要	借　方　金　额										贷　方　金　额										借或贷	余　　额										√
月	日	种类	号数		亿	千	百	十	万	千	百	十	元	角	分	亿	千	百	十	万	千	百	十	元	角	分		亿	千	百	十	万	千	百	十	元	角	分	
3	1			上月金额																																	￥	0	
3	5	转账	6	销售产品一批																￥	1	7	0	0	0	0	贷						￥	1	7	0	0	0	0	
3	17	转账	23	购入原材料，款未付				￥	9	8	6	0	0	0	0												借					￥	8	1	6	0	0	0	
3	25	转账	41	支付电费				￥	8	8	9	2	3	1													借				￥	1	7	0	5	2	3	1	
3	25	转账	42	支付水费				￥	1	5	3	0	0	9													借				￥	1	8	5	8	2	4	0	

应交税费——应交增值税（销项税额）明细分类账

明细分类账

总账科目：　　　应交税费
明细科目：应交增值税（销项税额）

2010年		凭证		摘　　要	借　方　金　额										贷　方　金　额										借或贷	余　　额										√
月	日	种类	号数		亿	千	百	十	万	千	百	十	元	角	分	亿	千	百	十	万	千	百	十	元	角	分		亿	千	百	十	万	千	百	十	元	角	分	
3	1			上月金额																																	￥	0	
3	13	转账	13	购买原材料				￥	4	2	5	0	0	0													借					￥	4	2	5	0	0	0	
3	13	转账	14	销售产品一批																￥	4	7	5	8	3	0	0	贷					￥	4	3	3	3	3	0	0	
3	21	转账	33	销售产品一批																￥	2	7	5	4	0	0	0	贷				￥	7	0	8	7	3	0	0	
3	27	转账	45	销售产品一批																￥	2	3	9	7	0	0	0	贷				￥	9	4	8	4	3	0	0	

应交税费——应交所得税明细分类账

明细分类账

总账科目：　应交税费

明细科目：　应交所得税

2010年		凭证		摘　　要	借方金额										贷方金额										借或贷	余　额										√
月	日	种类	号数		亿	千	百	十	万	千	百	十	元	角	分	亿	千	百	十	万	千	百	十	元	角	分		亿	千	百	十	万	千	百	十	元	角	分
3	1			上月金额																									¥	4	6	2	8	2	4	9	
3	10	转账	10	接受国外基金捐赠														¥	1	6	5	0	0	0	0	0	贷		¥	6	2	9	8	2	4	9	
3	30	转账	63	计算本期应交所得税													¥	8	7	3	3	4	5	5	2	贷		¥	9	3	6	1	2	8	0	1	

其他应付款明细分类账

明细分类账

总账科目：　其他应付款

明细科目：　

2010年		凭证		摘　　要	借方金额										贷方金额										借或贷	余　额										√
月	日	种类	号数		亿	千	百	十	万	千	百	十	元	角	分	亿	千	百	十	万	千	百	十	元	角	分		亿	千	百	十	万	千	百	十	元	角	分
3	1			上月金额																							贷		¥	5	1	6	2	0	0	0	
3	29	转账	48	计提各项社会保险														¥	3	7	7	8	1	8	8	贷		¥	8	9	4	0	1	8	8	
3	31	转账	66	计提工会经费														¥	1	0	5	2	0	0	贷		¥	9	0	4	5	3	8	8	
3	31	转账	71	计提职工教育经费															¥	7	8	9	0	0	贷		¥	9	1	2	4	2	8	8	

预提费用明细分类账

明细分类账

总账科目: 预提费用

明细科目: _____

2010年		凭证		摘　　要	借方金额										贷方金额										借或贷	余　　额										√
月	日	种类	号数		亿	千	百	十	万	千	百	十	元	角	分	亿	千	百	十	万	千	百	十	元	角	分		亿	千	百	十	万	千	百	十	元	角	分	
3	1			上月余额																																￥	0		
3	31	转账	65	计提当月借款利息																￥	1	2	9	2	3	5	6	贷					￥	1	2	9	2	3	5	6	

长期借款明细分类账

明细分类账

总账科目: 长期借款

明细科目: _____

2010年		凭证		摘　　要	借方金额										贷方金额										借或贷	余　　额										√
月	日	种类	号数		亿	千	百	十	万	千	百	十	元	角	分	亿	千	百	十	万	千	百	十	元	角	分		亿	千	百	十	万	千	百	十	元	角	分	
3	1			上月余额																							贷			￥	6	0	0	0	0	0	0	0	0	

长期应付款明细分类账

明细分类账

总账科目： 长期应付款
明细科目： _____

2010年 月	日	凭证 种类	号数	摘 要	借 方 金 额 亿千百十万千百十元角分	贷 方 金 额 亿千百十万千百十元角分	借或贷	余 额 亿千百十万千百十元角分	√
3	1			上月金额			贷	￥70000000	

实收资本明细分类账

明细分类账

总账科目： 实收资本
明细科目： _____

2010年 月	日	凭证 种类	号数	摘 要	借 方 金 额 亿千百十万千百十元角分	贷 方 金 额 亿千百十万千百十元角分	借或贷	余 额 亿千百十万千百十元角分	√
3	1			上月金额			贷	￥120000000	
3	6	转账	8	收到新股东周林投资产		￥50000000	贷	￥170000000	

资本公积明细分类账

<h1 style="text-align:center">明细分类账</h1>

总账科目： 资本公积

明细科目：

2010 年		凭证		摘　要	借方金额										贷方金额										借或贷	余　额										√
月	日	种类	号数		亿	千	百	十	万	千	百	十	元	角	分	亿	千	百	十	万	千	百	十	元	角	分		亿	千	百	十	万	千	百	十	元	角	分
3	1			上月余额																							贷		￥	3	0	5	7	4	6	7	9	
3	10	转账	10	接受国外基金捐赠														￥	3	3	5	0	0	0	0	0	贷		￥	3	3	9	2	4	6	7	9	

盈余公积明细分类账

<h1 style="text-align:center">明细分类账</h1>

总账科目： 盈余公积

明细科目：

2010 年		凭证		摘　要	借方金额										贷方金额										借或贷	余　额										√
月	日	种类	号数		亿	千	百	十	万	千	百	十	元	角	分	亿	千	百	十	万	千	百	十	元	角	分		亿	千	百	十	万	千	百	十	元	角	分
3	1			上月余额																							贷		￥	2	1	4	1	0	0	3	5	

本年利润明细分类账

明细分类账

总账科目：　**本年利润**

明细科目：＿＿＿＿＿＿＿＿＿＿＿

2010年		凭证		摘　要	借方金额										贷方金额										借或贷	余　额										✓
月	日	种类	号数		亿	千	百	十	万	千	百	十	元	角	分	亿	千	百	十	万	千	百	十	元	角	分		亿	千	百	十	万	千	百	十	元	角	分	
3	1			上月金额																																	¥	0	
3	31	转账	74	结转本年利润													¥	4	1	5	5	4	0	0	0	0	贷		¥	4	1	5	5	4	0	0	0	0	
3	31	转账	75	结转本年利润		¥	1	5	1	9	9	7	4	2	0													贷		¥	2	6	3	5	4	2	5	8	0	
3	31	转账	76	结转未分配利润		¥	2	6	3	5	4	2	5	8	0																							¥	0	

利润分配明细分类账

明细分类账

总账科目：　**利润分配**

明细科目：＿＿＿＿＿＿＿＿＿＿＿

2010年		凭证		摘　要	借方金额										贷方金额										借或贷	余　额										✓
月	日	种类	号数		亿	千	百	十	万	千	百	十	元	角	分	亿	千	百	十	万	千	百	十	元	角	分		亿	千	百	十	万	千	百	十	元	角	分	
3	1			上月金额																							贷		¥	2	2	4	8	0	0	0	8	8	
3	31	转账	67	结转以前年度损益														¥	1	0	0	0	0	0	0	0	贷		¥	2	3	4	8	0	0	0	8	8	
3	31	转账	76	结转未分配利润													¥	2	6	3	5	4	2	5	8	0	贷		¥	2	8	7	0	2	8	6	6	8	

生产成本明细分类账

明细分类账

总账科目: 生产成本
明细科目: _____

2010年 月	日	凭证 种类	号数	摘要	借方金额	贷方金额	借或贷	余额
3	1			上月金额			借	¥121050000
3	19	转账	27	计提本月员工工资	¥500000000		借	¥621050000
3	20	转账	29	计提本月五险一金两费	¥23250000		借	¥853550000
3	25	转账	41	支付电费	¥4446154		借	¥898011154
3	25	转账	42	支付水费	¥1000442		借	¥908015196
3	30	转账	60	本月领用材料	¥220460000		借	¥1128475596
3	30	转账	61	分配福利费用	¥1624000		借	¥1130099996
3	30	转账	62	分配工资费用	¥1160000		借	¥1141699996
3	31	转账	66	计提工会经费	¥23200		借	¥1141931996
3	31	转账	71	计提职工教育经费	¥17400		借	¥1142105996
3	30	转账	72	结转制造费用	¥2527026		借	¥1167376622
3	30	转账	73	结转完工产品成本		¥1056320023	借	¥111055599

制造费用明细分类账

明细分类账

总账科目: 制造费用
明细科目: _____

2010年 月	日	凭证 种类	号数	摘要	借方金额	贷方金额	借或贷	余额
3	1			上月金额				¥0
3	25	转账	41	支付电费	¥523077		借	¥523077
3	25	转账	42	支付水费	¥117699		借	¥640776
3	29	转账	49	计提三月份折旧	¥1357500		借	¥1998276
3	30	转账	61	分配福利费用	¥63000		借	¥2061276
3	30	转账	62	分配工资费用	¥450000		借	¥2511276
3	31	转账	66	计提工会经费	¥9000		借	¥2520276
3	31	转账	71	计提职工教育经费	¥6750		借	¥2527026
3	30	转账	72	结转制造费用		¥2527026	借	¥0

主营业务收入明细分类账

明细分类账

总账科目: 主营业务收入

明细科目: _____

2010年		凭证		摘要	借方金额	贷方金额	借或贷	余额	√
月	日	种类	号数		亿千百十万千百十元角分	亿千百十万千百十元角分		亿千百十万千百十元角分	
3	1			上月金额				¥0	
3	5	转账	6	销售产品一批		¥1000000	贷	¥1000000	
3	13	转账	14	销售产品一批		¥1899000	贷	¥2899000	
3	17	转账	24	销售产品一批		¥890900	贷	¥3789900	
3	21	转账	33	销售产品一批		¥162000	贷	¥3951900	
3	27	转账	45	销售产品一批		¥141000	贷	¥4092900	
3	31	转账	74	结转本年利润	¥4092900			¥0	

营业外收入明细分类账

明细分类账

总账科目: 营业外收入

明细科目: _____

2010年		凭证		摘要	借方金额	贷方金额	借或贷	余额	√
月	日	种类	号数		亿千百十万千百十元角分	亿千百十万千百十元角分		亿千百十万千百十元角分	
3	1			上月金额				¥0	
3	15	转账	19	清理固定资产		¥1250000	贷	¥1250000	
3	23	转账	36	债务重组		¥5000000	贷	¥6250000	
3	31	转账	74	结转本年利润	¥6250000			¥0	

主营业务成本明细分类账

明细分类账

总账科目： 主营业务成本

明细科目：＿＿＿＿＿＿＿＿＿

2010年		凭证		摘　　要	借方金额											贷方金额											借或贷	余　　额											✓
月	日	种类	号数		亿	千	百	十	万	千	百	十	元	角	分	亿	千	百	十	万	千	百	十	元	角	分		亿	千	百	十	万	千	百	十	元	角	分	
3	1			上月金额																																¥	0		
3	30	转账	64	结转销售成本				¥	4	5	4	7	0	2	6	2												借				¥	4	5	4	7	0	2	6	2	
3	31	转账	75	结转本年利润																¥	4	5	4	7	0	2	6	2									¥	0		

营业税金及附加明细分类账

明细分类账

总账科目： 营业税金及附加

明细科目：＿＿＿＿＿＿＿＿＿

2010年		凭证		摘　　要	借方金额											贷方金额											借或贷	余　　额											✓
月	日	种类	号数		亿	千	百	十	万	千	百	十	元	角	分	亿	千	百	十	万	千	百	十	元	角	分		亿	千	百	十	万	千	百	十	元	角	分	
3	1			上月金额																																¥	0		
3	31	转账	69	计提营业税金、城建税及教育费附加税						¥	3	8	1	5	8	0												借						¥	3	8	1	5	8	0	
3	31	转账	75	结转本年利润																	¥	3	8	1	5	8	0										¥	0		

销售费用明细分类账

明细分类账

总账科目：　销售费用　
明细科目：＿＿＿＿＿＿

2010年 月	日	凭证 种类	号数	摘要	借方金额	贷方金额	借或贷	余额	√
3	1			上月余额			借	¥0	
3	14	转账	17	结清报销差旅费：退借款	¥258000		借	¥258000	
3	19	转账	27	计提本月员工工资	¥3000000		借	¥3258000	
3	20	转账	29	计提本月五险一金两费	¥1395000		借	¥4653000	
3	25	转账	40	支付本月广告费	¥600000		借	¥5253000	
3	30	转账	61	分配福利费用	¥147000		借	¥5400000	
3	30	转账	62	分配工资费用	¥1050000		借	¥6450000	
3	31	转账	66	计提工会经费	¥21000		借	¥6471000	
3	31	转账	71	计提职工教育经费	¥15750		借	¥6486750	
3	31	转账	75	结转本年利润		¥6486750		¥0	

管理费用明细分类账

明细分类账

总账科目：　管理费用　
明细科目：＿＿＿＿＿＿

2010年 月	日	凭证 种类	号数	摘要	借方金额	贷方金额	借或贷	余额	√
3	1			上月余额			借	¥0	
3	11	转账	12	开办费摊销	¥200500		借	¥200500	
3	19	转账	26	购入办公用品一批	¥44000		借	¥244500	
3	19	转账	27	计提本月员工工资	¥2000000		借	¥2244500	
3	20	转账	29	计提本月五险一金两费	¥930000		借	¥3175500	
3	25	转账	41	支付电费	¥261538		借	¥3437038	
3	25	转账	42	支付水费	¥58850		借	¥3495888	
3	29	转账	48	计提各项社会保险	¥2623658		借	¥6119546	
3	29	转账	49	计提三月份折旧	¥330000		借	¥6449546	
3	29	转账	55	土地使用权摊销	¥220000		借	¥6669546	
3	29	转账	57	支付本月印花税	¥28800		借	¥6698346	
3	30	转账	61	分配福利费用	¥364000		借	¥7062346	
3	30	转账	62	分配工资费用	¥2600000		借	¥9662346	
3	31	转账	66	计提工会经费	¥52000		借	¥9714346	
3	31	转账	71	计提职工教育经费	¥39000		借	¥9753346	
3	31	转账	75	结转本年利润		¥9753346	贷	¥0	

财务费用明细分类账

明细分类账

总账科目：　财务费用
明细科目：＿＿＿＿＿＿＿

2010年		凭证		摘　要	借方金额										贷方金额										借或贷	余　额										√
月	日	种类	号数		亿	千	百	十	万	千	百	十	元	角	分	亿	千	百	十	万	千	百	十	元	角	分		亿	千	百	十	万	千	百	十	元	角	分
3	1			上月余额																																	￥	0
3	21	转账	31	存款利息																￥	1	5	3	8	9	2	6	贷					￥	1	5	3	8	9	2	6
3	21	转账	32	票据贴现				￥	1	5	0	0	0	0	0												贷						￥	3	8	9	2	6
3	25	转账	38	购买现金支票和转账支票各5本						￥	2	2	5	0	0												贷							￥	1	6	4	2	6
3	31	转账	65	计提当月借款利息				￥	1	2	9	2	3	5	6												借					￥	1	2	7	5	9	3	0
3	31	转账	75	结转本年利润																￥	1	2	7	5	9	3	0											￥	0

资产减值损失明细分类账

明细分类账

总账科目：　资产减值损失
明细科目：＿＿＿＿＿＿＿

2010年		凭证		摘　要	借方金额										贷方金额										借或贷	余　额										√
月	日	种类	号数		亿	千	百	十	万	千	百	十	元	角	分	亿	千	百	十	万	千	百	十	元	角	分		亿	千	百	十	万	千	百	十	元	角	分
3	1			上月余额																																	￥	0
3	31	转账	68	计提坏账准备				￥	9	7	5	0	0	0													借				￥	9	7	5	0	0	0
3	31	转账	70	计提债券投资减值准备				￥	3	2	0	0	0	0													借				￥	1	2	9	5	0	0	0
3	31	转账	75	结转本年利润															￥	1	2	9	5	0	0	0											￥	0

所得税明细分类账

明细分类账

总账科目：　　**所得税**

明细科目：

2010年		凭证		摘要	借方金额										贷方金额										借或贷	余额										√
月	日	种类	号数		亿	千	百	十	万	千	百	十	元	角	分	亿	千	百	十	万	千	百	十	元	角	分		亿	千	百	十	万	千	百	十	元	角	分	
3	1			上月金额																																	￥	0	
3	30	转账	63	计算本期应交所得税		￥	8	7	3	3	4	5	5	2													借		￥	8	7	3	3	4	5	5	2	
3	31	转账	75	结转本年利润													￥	8	7	3	3	4	5	5	2		贷									￥	0	

以前年度损益调整明细分类账

明细分类账

总账科目：　　**以前年度损益调整**

明细科目：

2010年		凭证		摘要	借方金额										贷方金额										借或贷	余额										√
月	日	种类	号数		亿	千	百	十	万	千	百	十	元	角	分	亿	千	百	十	万	千	百	十	元	角	分		亿	千	百	十	万	千	百	十	元	角	分	
3	1			上月金额																																	￥	0	
3	29	转账	52	盘盈焊机设备1台													￥	1	0	0	0	0	0	0	0		贷		￥	1	0	0	0	0	0	0	0	
3	31	转账	67	结转以前年度损益		￥	1	0	0	0	0	0	0	0																						￥	0	

第4章 登记总分类账

3月15日，公司的老会计叫张清一起对上半月的账务进行汇总，并登记总分类账。

老会计年纪比较大，是张清的叔叔返聘的一位退休的资深会计，姓李，张清一直叫他"李叔"。

"李叔，我刚毕业，什么都不懂，您多教教我吧。"张清说。

李叔说："小张，你这个年轻人不错啊，谦虚又爱学习，以后账务上有什么问题，你尽管来问我，只要你肯学我就愿意教你。"

张清喜出望外，说："真的啊，李叔您太好了！"

李叔笑笑，拍拍张清的肩膀说："行了，干活去吧。"

张清说："李叔，总账我还没见过呢，我现在就去拿过来吧，您记的时候，我在边上学学。"

李叔说："哪能现在就这么记总账啊，总账要根据科目汇总表来记录的，而科目汇总表又要根据丁字账汇总来填。所以咱们现在先来做丁字账汇总。"

4.1 丁字账和科目汇总

张清问道："丁字账？在学校里好像也听老师说过的。"

李叔说："丁字账，其实并不是账簿，只是会计汇总时的一种草稿形式，汇总完没问题就把数字填进科目汇总表里了，丁字账一般都不会保存的。虽说丁字账只是草稿，但是在会计手工账记录中，却也是很常用的。"

"那科目汇总表一般多长时间汇总一次啊？"张清问道。

"主要是根据业务情况决定汇总次数。一般来说都是每月汇总两次，15日之前一次，15日之后一次。有些较大的企业也可以3天、5天、10天进行汇总。"

"哦，那汇总表借贷方平衡后就可以根据科目汇总表登记总分类账，是么？"张清问道。

"是的，就是这样。"李叔回答说。

4.1.1 1—15日丁字账

库存现金

1	20000		
		2	500
		11	5000
17	2420		
22420		5500	

银行存款

1	20000		
3	225000		
4	120000		
5	284176		
7	86800		
8	500000		
10	50000		
		13	29250
		16	200000
18	150000		
906800		758426	

其他货币资金

16	200000		
200000			

应收票据

		7	86800
		86800	

原材料

		13	25000
		25000	

其他应收款

9	500		
11	5000		
		17	5000
	5500		5000

应收账款

6	11700		
19	327483		
	339183		

固定资产

5	284176		
		15	190000
	284176		190000

累计折旧

15	52500		
	52500		

在建工程

3	225000		
	225000		

固定资产清理

15	137500		
		18	150000
19	12500		
	150000		150000

长期待摊费用

		12	2005
			2005

待处理财产损溢

2	500		
		9	500
	500		500

短期借款

		4	120000
			120000

应交税费

		6	1700
		10	16500
13	4250	19	47583
4250		65783	

实收资本

		8	500000
			500000

资本公积

		10	33500
			33500

主营业务收入

		6	10000
		19	279900
			289900

营业外收入

		14	12500
			12500

销售费用

17	2580		
2580			

管理费用

12	2005		
2005			

4.1.2　1—15日科目汇总表

记账凭证汇总表
VOUCHERS SUMMARY

第 1 页

日　期 FROM	2010年3月1日 Y M D	至 TO	2010年3月15日 Y M D
凭证起讫号数 VOUCHER NO.	自 3001 号起 FROM	至 3019 号止 TO	汇总表1

总账科目 ACCOUNTS	借方金额 DEBIT AMT. 亿	千	百	十	万	千	百	十	元	角	分	√	贷方金额 CREDIT AMT. 亿	千	百	十	万	千	百	十	元	角	分	√
库存现金					¥2	2	4	2	0	0	0							¥5	5	0	0	0	0	
银行存款				¥9	0	6	8	0	0	0	0						¥7	5	8	4	2	6	0	0	
其他货币资金					¥2	0	0	0	0	0	0													
应收票据																	¥8	6	8	0	0	0	0	
应收账款				¥3	3	9	1	8	3	0	0													
其他应收款						¥5	5	0	0	0	0							¥5	0	0	0	0	0	
原材料						¥2	5	0	0	0	0													
固定资产					¥2	8	4	1	7	6	0	0					¥1	9	0	0	0	0	0	
累计折旧					¥5	2	5	0	0	0	0													
在建工程					¥2	2	5	0	0	0	0													
工程物资																								
固定资产清理				¥1	5	0	0	0	0	0	0					¥1	5	0	0	0	0	0	0	
长期待摊费用																		¥2	0	0	5	0	0	
待处理财产损溢							¥5	0	0	0	0								¥5	0	0	0	0	
短期借款																	¥1	2	0	0	0	0	0	
应交税费					¥4	2	5	0	0	0							¥6	5	7	8	3	0	0	
实收资本																	¥5	0	0	0	0	0	0	
资本公积																	¥3	3	5	0	0	0	0	
主营业务收入															¥2	8	9	9	0	0	0	0		
营业外收入																	¥1	2	5	0	0	0	0	
销售费用					¥2	5	8	0	0	0														
管理费用						¥2	0	0	5	0	0													
合　计			¥2	2	1	9	9	1	4	0	0				¥2	2	1	9	9	1	4	0	0	

核　准: APPROED	复　核: CHERKED	记　账: ENTERED	制　单: PREPARED

4.1.3　16—31日丁字账

库存现金

44	500		
		46	5800
		56	100
500		5900	

其他货币资金

		21	180000
25	200000		
		30	20000
		34	180000
		35	20000
200000		400000	

应收票据

		32	189540
33	189540		
189540		189540	

应收账款

		39	11700
		11700	

银行存款

		20	2547
		22	2000
24	3500000		
		25	200000
		26	450
		28	2549
30	20000		
31	15389.26		
32	174540		
35	20000		
		36	350000
		38	225
39	11700		
		40	6000
		41	61200
		42	13300
		43	65860
45	164970		
46	5800		
		57	288
		58	550000
		59	255750
3912399.26		1510169	

坏账准备

		68	9750
		9750	

167

其他应收款

		44	500
48	11545.3		
	11545.3		500

长期股权投资减值准备

		70	3200
			3200

库存商品

21	180000		
34	180000		
53	1000		
		64	454702.62
73	1056320		
	1417320.23		454702.62

原材料

23	58000		
		50	2100
		60	220460
	58000		222560

固定资产

20	2547		
47	110000		
		51	50000
52	45000		
	157547		50000

累计折旧

		49	16875
51	15000		
		52	35000
	15000		51875

在建工程

37	339568		
		47	110000
		54	30000
	339568		140000

待处理财产损溢

50	2100		
51	35000		
		53	1000
56	100		
	37200		1000

累计摊销

		55	2200
			2200

工程物资

54	30000		
30000			

应付账款

22	2000		
		23	67860
36	400000		
43	65860		
467860		67860	

应付职工薪酬

		27	550000
28	2549		
		29	192500
		29	44000
		29	11000
		29	8250
		37	334580
		37	4988
58	550000		
59	192500		
59	44000		
59	11000		
59	8250		
		61	7364
		62	52600
808299		1145318	

应交税费

23	9860		
		33	27540
41	8892.31		
42	1530.09		
		45	23970
		63	873345.52
		69	3815.8
20282.4		928671.32	

其他应付款

		48	37781.88
		66	1052
		71	789
		39622.88	

预提费用

		65	12923.56
		12923.56	

本年利润

		74	4155400
75	1519974		
76	2635426		
	4155400		4155400

利润分配

		67	10000
		76	2635425.8
			2645425.8

主营业务收入

		24	3500000
		33	162000
		45	141000
74	4092900		
	4092900		3803000

营业外收入

		36	50000
74	62500		
	62500		50000

主营业务成本

64	454702.62		
		75	454702.62
	454702.62		454702.62

营业税金及附加

69	3815.8		
		75	3815.8
	3815.8		3815.8

生产成本

27	500000		
29	232500		
41	44461.54		
42	10004.42		
60	220460		
61	1624		
62	11600		
66	232		
71	174		
72	25270.26		
		73	1056320.23
	1046326.22		1056320.23

制造费用

41	5230.77		
42	1176.99		
49	13575		
61	630		
62	4500		
66	90		
71	67.5		
		72	25270.26
	25270.26		25270.26

销售费用

27	30000		
29	13950		
40	6000		
61	1470		
62	10500		
66	210		
71	157.5		
		75	64867.5
	62287.5		64867.5

管理费用

26	450		
27	20000		
29	9300		
41	2615.38		
42	588.5		
48	26236.58		
49	3300		
55	2200		
57	288		
61	3640		
62	26000		
66	520		
71	390		
		75	97533.46
	95528.46		97533.46

资产减值损失

68	9750		
70	3200		
		75	12950
	12950		12950

所得税

63	873345.52		
		75	873345.52
	873345.52		873345.52

财务费用

		31	15389.26
32	15000		
38	225		
65	12923.56		
		75	12759.3
	28148.56		28148.56

以前年度损益调整

		52	10000
67	10000		
	10000		10000

171

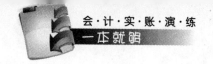
4.1.4　16—31日科目汇总表

记账凭证汇总表
VOUCHERS SUMMARY

第 1 页

日　期：　2010年3月16日 　至　 2010年3月31日
FROM　　　Y　M　D　　TO　　Y　M　D

凭证起讫号数　自 3020 号起至 3076 号止　　　汇总表2
VOUCHER NO.　 FROM　　　 TO

总账科目 ACCOUNTS	借方金额 DEBIT AMT.	√	贷方金额 CREDIT AMT.	√
库存现金	￥500 00		￥590 00	
银行存款	￥3 912 399 26		￥1 510 169 00	
其他货币资金	￥2 000 000 00		￥400 000 00	
应收票据	￥189 540 00		￥189 540 00	
应收账款			￥11 700 00	
其他应收款	￥11 545 30		￥500 00	
坏账准备			￥975 00	
原材料	￥5 800 00		￥22 560 00	
库存商品	￥1 417 320 23		￥454 702 62	
长期股权投资减值准备			￥320 00	
固定资产	￥157 547 00		￥50 000 00	
累计折旧	￥150 000 00		￥51 875 00	
在建工程	￥339 568 00		￥140 000 00	
工程物资	￥30 000 00			
累计摊销			￥2 200 00	
待处理财产损溢	￥37 200 00		￥10 000 00	
应付账款	￥467 860 00		￥678 600 00	
应付职工薪酬	￥808 299 00		￥1 205 282 00	
应交税费	￥20 282 40		￥928 671 32	
其他应付款			￥39 622 88	
预提费用			￥12 923 56	
本年利润	￥4 155 400 00		￥4 155 400 00	
利润分配			￥2 645 425 80	
生产成本	￥1 046 326 22		￥1 056 320 23	
制造费用	￥25 270 26		￥25 270 26	
主营业务收入	￥4 092 900 00		￥3 803 000 00	
本页合计	￥16 984 957 67		￥16 992 872 67	

核　准：　　复核：　　　　记　账：　　　　制　单：
APPROED　　CHERKED　　 ENTERED　　　　 PREPARED

记账凭证汇总表
VOUCHERS SUMMARY

第2页

日　期： 2010年3月16日 至 2010年3月31日
FROM　　　Y　M　D　　TO　　Y　M　D

凭证起讫号数 自 3020 号起至 3076 号止　　　汇总表2
VOUCHER NO. FROM　　　TO

总账科目 ACCOUNTS	借方金额 DEBIT AMT.											√	贷方金额 CREDIT AMT.											√
	亿	千	百	十	万	千	百	十	元	角	分		亿	千	百	十	万	千	百	十	元	角	分	
接上页	¥	1	6	9	8	4	9	5	7	6	7		¥	1	6	9	9	2	8	7	2	6	7	
营业外收入			¥	6	2	5	0	0	0	0	0				¥	5	0	0	0	0	0	0	0	
主营业务成本		¥	4	5	4	7	0	2	6	2				¥	4	5	4	7	0	2	6	2		
营业税金及附加				¥	3	8	1	5	8	0						¥	3	8	1	5	8	0		
销售费用			¥	6	2	2	8	7	5	0					¥	6	4	8	6	7	5	0		
管理费用			¥	9	5	5	2	8	4	6					¥	9	7	5	3	3	4	6		
财务费用			¥	2	8	1	4	8	5	6					¥	2	8	1	4	8	5	6		
资产减值损失			¥	1	2	9	5	0	0	0					¥	1	2	9	5	0	0	0		
所得税		¥	8	7	3	3	4	5	5	2				¥	8	7	3	3	4	5	5	2		
以前年度损益调整			¥	1	0	0	0	0	0	0					¥	1	0	0	0	0	0	0		
本页合计		¥	1	6	0	3	2	7	8	4	6			¥	1	5	9	5	3	6	3	4	6	
总　计	¥	1	8	5	8	8	2	3	6	1	3		¥	1	8	5	8	8	2	3	6	1	3	

核准：　　复核：　　　　　记账：　　　　　　制　单：
APPROED　CHERKED　　　ENTERED　　　　　PREPARED

4.2 总账业务真账模拟

库存现金总分类账

总 分 类 账

总账科目： 库存现金

2010年 月/日	凭证 种类/号数	摘 要	借方金额	贷方金额	借或贷	余额	√
3 / 1		上月金额			借	¥200000 00	
3 / 15	汇 1	1—15日各科目汇总	¥224200 00	¥55000 00	借	¥189200 00	
3 / 33	汇 2	16—31日各科目汇总	¥5000 00	¥59000 00	借	¥135200 00	

银行存款总分类账

总 分 类 账

总账科目： 银行存款

2010年 月/日	凭证 种类/号数	摘 要	借方金额	贷方金额	借或贷	余额	√
3 / 1		上月金额			借	¥1330020 68	
3 / 15	汇 1	1—15日各科目汇总	¥9068000 00	¥758426 00	借	¥14783946 8	
3 / 33	汇 2	16—31日各科目汇总	¥3912399 26	¥1510169 00	借	¥3880624 94	

其他货币资金总分类账

总 分 类 账

总账科目: <u>其他货币资金</u>

2010 年		凭 证		摘　　要	借方金额										贷方金额										借或贷	余额										√
月	日	种类	号数		亿	千	百	十	万	千	百	十	元	角	分	亿	千	百	十	万	千	百	十	元	角	分		亿	千	百	十	万	千	百	十	元	角	分	
3	1			上月余额																							借		¥	1	2	3	5	0	0	0	0	0	
3	15	汇	1	1—15日本科目汇总		¥	2	0	0	0	0	0	0	0	0												借		¥	3	2	3	5	0	0	0	0	0	
3	33	汇	2	16—31日本科目汇总		¥	2	0	0	0	0	0	0	0	0		¥	4	0	0	0	0	0	0	0	0	借		¥	1	2	3	5	0	0	0	0	0	

交易性金融资产总分类账

总 分 类 账

总账科目: <u>交易性金融资产</u>

2010 年		凭 证		摘　　要	借方金额										贷方金额										借或贷	余额										√
月	日	种类	号数		亿	千	百	十	万	千	百	十	元	角	分	亿	千	百	十	万	千	百	十	元	角	分		亿	千	百	十	万	千	百	十	元	角	分	
3	1			上月余额																							借		¥	9	6	8	0	0	0	0	0	

应收票据总分类账

总 分 类 账

总账科目: 应收票据

2010 年		凭证		摘要	借方金额										贷方金额										借或贷	余额										√
月	日	种类	号数		亿	千	百	十	万	千	百	十	元	角	分	亿	千	百	十	万	千	百	十	元	角	分		亿	千	百	十	万	千	百	十	元	角	分	
3	1			上月余额																							借			¥	8	6	8	0	0	0	0	0	
3	15	汇	1	1—15日本科目汇总														¥	8	6	8	0	0	0	0	0										¥	0		
3	33	汇	2	16—31日本科目汇总				¥	1	8	9	5	4	0	0	0			¥	1	8	9	5	4	0	0	0										¥	0		

应收账款总分类账

总 分 类 账

总账科目: 应收账款

2010 年		凭证		摘要	借方金额										贷方金额										借或贷	余额										√
月	日	种类	号数		亿	千	百	十	万	千	百	十	元	角	分	亿	千	百	十	万	千	百	十	元	角	分		亿	千	百	十	万	千	百	十	元	角	分	
3	1			上月余额																							借				¥	6	8	7	6	5	0	0	
3	15	汇	1	1—15日本科目汇总				¥	3	3	9	1	8	3	0	0												借				¥	4	0	7	9	4	8	0	0	
3	33	汇	2	16—31日本科目汇总															¥	1	1	7	0	0	0	0	借				¥	3	9	6	2	4	8	0	0	

预付账款总分类账

总 分 类 账

总账科目： 预付账款

2010年		凭证		摘要	借方金额											贷方金额											借或贷	余额											√
月	日	种类	号数		亿	千	百	十	万	千	百	十	元	角	分	亿	千	百	十	万	千	百	十	元	角	分		亿	千	百	十	万	千	百	十	元	角	分	
3	1			上月余额																							借									¥	0		

其他应收款总分类账

总 分 类 账

总账科目： 其他应收款

2010年		凭证		摘要	借方金额											贷方金额											借或贷	余额											√
月	日	种类	号数		亿	千	百	十	万	千	百	十	元	角	分	亿	千	百	十	万	千	百	十	元	角	分		亿	千	百	十	万	千	百	十	元	角	分	
3	1			上月余额																							借					¥	5	6	0	0	0	0	
3	15	汇	1	1—15日本科目汇总					¥	5	5	0	0	0	0					¥	5	0	0	0	0	0	借					¥	6	1	0	0	0	0	
3	33	汇	2	16—31日本科目汇总				¥	1	1	5	4	5	3	0					¥	5	0	0	0	0	0	借				¥	1	7	1	4	5	3	0	

坏账准备总分类账

总 分 类 账

总账科目：　　　坏账准备

2010年		凭证		摘　　要	借方金额										贷方金额										借或贷	余额										✓
月	日	种类	号数		亿	千	百	十	万	千	百	十	元	角	分	亿	千	百	十	万	千	百	十	元	角	分		亿	千	百	十	万	千	百	十	元	角	分	
3	1			上月余额																							贷				￥	1	5	0	0	0	0	
3	15	汇	1	1—15日本科目汇总																							贷				￥	1	5	0	0	0	0	
3	33	汇	2	16—31日本科目汇总																￥	9	7	5	0	0	0	贷				￥	1	1	2	5	0	0	0	

材料采购总分类账

总 分 类 账

总账科目：　　　材料采购

2010年		凭证		摘　　要	借方金额										贷方金额										借或贷	余额										✓
月	日	种类	号数		亿	千	百	十	万	千	百	十	元	角	分	亿	千	百	十	万	千	百	十	元	角	分		亿	千	百	十	万	千	百	十	元	角	分	
3	1			上月余额																							借									￥	0		

原材料总分类账

总 分 类 账

总账科目：　　原材料

2010年 月	日	凭证 种类	号数	摘　要	借方金额	贷方金额	借或贷	余额	√
3	1			上月余额			借	¥325353.43	
3	15	汇	1	1—15日本科目汇总	¥25000.00		借	¥350353.43	
3	33	汇	2	16—31日本科目汇总	¥58000.00	¥222560.00	借	¥185793.43	

库存商品总分类账

总 分 类 账

总账科目：　　库存商品

2010年 月	日	凭证 种类	号数	摘　要	借方金额	贷方金额	借或贷	余额	√
3	1			上月余额			借	¥201250.00	
3	15	汇	1	1—15日本科目汇总			借	¥201250.00	
3	33	汇	2	16—31日本科目汇总	¥1417320.23	¥454702.62	借	¥1163867.61	

委托加工物资总分类账

总 分 类 账

总账科目: ___委托加工物资___

2010年		凭证		摘 要	借方金额										贷方金额										借或贷	余额										√
月	日	种类	号数		亿	千	百	十	万	千	百	十	元	角	分	亿	千	百	十	万	千	百	十	元	角	分		亿	千	百	十	万	千	百	十	元	角	分	
3	1			上月余额																							借			¥	3	5	0	0	0	0		

存货跌价准备总分类账

总 分 类 账

总账科目: ___存货跌价准备___

2010年		凭证		摘 要	借方金额										贷方金额										借或贷	余额										√
月	日	种类	号数		亿	千	百	十	万	千	百	十	元	角	分	亿	千	百	十	万	千	百	十	元	角	分		亿	千	百	十	万	千	百	十	元	角	分	
3	1			上月余额																							贷			¥	8	0	0	0	0	0		

持有至到期投资总分类账

总 分 类 账

总账科目: 持有至到期投资

2010 年		凭证		摘　　要	借方金额										贷方金额										借或贷	余额										√
月	日	种类	号数		亿	千	百	十	万	千	百	十	元	角	分	亿	千	百	十	万	千	百	十	元	角	分		亿	千	百	十	万	千	百	十	元	角	分	
3	1			上月余额																							借		¥	5	7	3	0	0	0	0		

持有至到期投资差值准备总分类账

总 分 类 账

总账科目: 持有至到期投资减值准备

2010 年		凭证		摘　　要	借方金额										贷方金额										借或贷	余额										√
月	日	种类	号数		亿	千	百	十	万	千	百	十	元	角	分	亿	千	百	十	万	千	百	十	元	角	分		亿	千	百	十	万	千	百	十	元	角	分	
3	1			上月余额																							贷		¥	1	2	0	0	0	0	0		

可供出售金融资产总分类账

总 分 类 账

总账科目： 可供出售金融资产

2010 年		凭 证		摘　　要	借方金额										贷方金额										借或贷	余额										√
月	日	种类	号数		亿	千	百	十	万	千	百	十	元	角	分	亿	千	百	十	万	千	百	十	元	角	分		亿	千	百	十	万	千	百	十	元	角	分	
3	1			上月余额																							借			￥	8	5	0	0	0	0	0	

长期股权投资总分类账

总 分 类 账

总账科目： 长期股权投资

2010 年		凭 证		摘　　要	借方金额										贷方金额										借或贷	余额										√
月	日	种类	号数		亿	千	百	十	万	千	百	十	元	角	分	亿	千	百	十	万	千	百	十	元	角	分		亿	千	百	十	万	千	百	十	元	角	分	
3	1			上月余额																							借		￥	2	5	3	6	0	0	0	0	

长期股权投资减值准备总分类账

总 分 类 账

总账科目：长期股权投资减值准备

2010 年		凭证		摘 要	借方金额	贷方金额	借或贷	余额	√
月	日	种类	号数		亿千百十万千百十元角分	亿千百十万千百十元角分		亿千百十万千百十元角分	
3	1			上月余额			贷	￥1 5 0 0 0 0 0	
3	15	汇	1	1—15日单科目汇总			贷	￥1 5 0 0 0 0 0	
3	33	汇	2	16—31日单科目汇总		￥3 2 0 0 0 0	贷	￥1 8 2 0 0 0 0	

投资性房地产总分类账

总 分 类 账

总账科目：投资性房地产

2010 年		凭证		摘 要	借方金额	贷方金额	借或贷	余额	√
月	日	种类	号数		亿千百十万千百十元角分	亿千百十万千百十元角分		亿千百十万千百十元角分	
3	1			上月余额			借	￥2 5 0 0 0 0 0 0	

固定资产总分类账

总 分 类 账

总账科目： 固定资产

2010年		凭证		摘要	借方金额	贷方金额	借或贷	余额	√
月	日	种类	号数		亿千百十万千百十元角分	亿千百十万千百十元角分		亿千百十万千百十元角分	
3	1			上月余额			借	¥6 8 5 9 0 0 0 0 0	
3	15	汇	1	1—15日本科目汇总	¥2 8 4 1 7 6 0 0	¥1 9 0 0 0 0 0 0	借	¥7 8 0 0 7 6 0 0	
3	33	汇	2	16—31日本科目汇总	¥1 5 7 5 4 7 0 0	¥5 0 0 0 0 0 0	借	¥8 8 7 6 2 3 0 0	

累计折旧总分类账

总 分 类 账

总账科目： 累计折旧

2010年		凭证		摘要	借方金额	贷方金额	借或贷	余额	√
月	日	种类	号数		亿千百十万千百十元角分	亿千百十万千百十元角分		亿千百十万千百十元角分	
3	1			上月余额			贷	¥1 3 6 7 0 0 0 0	
3	15	汇	1	1—15日本科目汇总	¥5 2 5 0 0 0 0		贷	¥8 4 2 0 0 0 0	
3	33	汇	2	16—31日本科目汇总	¥1 5 0 0 0 0 0	¥5 1 8 7 5 0 0	贷	¥1 2 1 0 7 5 0 0	

184

固定资产减值准备总分类账

总 分 类 账

总账科目： 固定资产减值准备

2010 年		凭证		摘　要	借方金额										贷方金额										借或贷	余额										√
月	日	种类	号数		亿	千	百	十	万	千	百	十	元	角	分	亿	千	百	十	万	千	百	十	元	角	分		亿	千	百	十	万	千	百	十	元	角	分
3	1			上月余额																							贷				￥	1	1	6	0	0	5	5	

在建工程总分类账

总 分 类 账

总账科目： 在建工程

2010 年		凭证		摘　要	借方金额										贷方金额										借或贷	余额										√
月	日	种类	号数		亿	千	百	十	万	千	百	十	元	角	分	亿	千	百	十	万	千	百	十	元	角	分		亿	千	百	十	万	千	百	十	元	角	分
3	1			上月余额																							借				￥	8	0	1	2	3	7	5	
3	15	汇	1	1—15日本科目汇总			￥	2	2	5	0	0	0	0	0												借				￥	3	0	5	1	2	3	7	5	
3	33	汇	2	16—31日本科目汇总			￥	3	3	9	5	6	8	0	0		￥	1	4	0	0	0	0	0	0		借				￥	5	0	4	6	9	1	7	5	

工程物资总分类账

总 分 类 账

总账科目：　　　　工程物资

2010年		凭证		摘　要	借方金额											贷方金额											借或贷	余额											√
月	日	种类	号数		亿	千	百	十	万	千	百	十	元	角	分	亿	千	百	十	万	千	百	十	元	角	分		亿	千	百	十	万	千	百	十	元	角	分	
3	1			上月余额																							借				￥	3	0	0	0	0	0	0	
3	15	汇	1	1—15日本科目汇总																						借				￥	3	0	0	0	0	0	0	
3	33	汇	2	16—31日本科目汇总				￥	3	0	0	0	0	0	0												借				￥	6	0	0	0	0	0	0	

固定资产清理总分类账

总 分 类 账

总账科目：　　　　固定资产清理

2010年		凭证		摘　要	借方金额											贷方金额											借或贷	余额											√
月	日	种类	号数		亿	千	百	十	万	千	百	十	元	角	分	亿	千	百	十	万	千	百	十	元	角	分		亿	千	百	十	万	千	百	十	元	角	分	
3	1			上月余额																							借				￥	2	0	0	0	0	0	0	
3	15	汇	1	1—15日本科目汇总				￥	1	5	0	0	0	0	0				￥	1	5	0	0	0	0	0	借				￥	2	0	0	0	0	0	0	

无形资产总分类账

总 分 类 账

总账科目：　　　　无形资产

2010 年		凭证		摘　　要	借方金额										贷方金额										借或贷	余额										√
月	日	种类	号数		亿	千	百	十	万	千	百	十	元	角	分	亿	千	百	十	万	千	百	十	元	角	分		亿	千	百	十	万	千	百	十	元	角	分	
3	1			上月余额																							借			￥	3	2	6	0	0	0	0	0	

累计摊销总分类账

总 分 类 账

总账科目：　　　　累计摊销

2010 年		凭证		摘　　要	借方金额											贷方金额											借或贷	余额											√
月	日	种类	号数		亿	千	百	十	万	千	百	十	元	角	分	亿	千	百	十	万	千	百	十	元	角	分		亿	千	百	十	万	千	百	十	元	角	分	
3	1			上月余额																							贷			￥	2	0	0	0	0	0	0	0	
3	15	汇	1	1—15日本科目汇总																							贷			￥	2	0	0	0	0	0	0	0	
3	33	汇	2	16—31日本科目汇总															￥	2	2	0	0	0	0		贷			￥	2	2	2	0	0	0	0	0	

无形资产减值准备总分类账

总 分 类 账

总账科目： 无形资产减值准备

2010年		凭证		摘　　要	借方金额										贷方金额										借或贷	余额										✓
月	日	种类	号数		亿	千	百	十	万	千	百	十	元	角	分	亿	千	百	十	万	千	百	十	元	角	分		亿	千	百	十	万	千	百	十	元	角	分	
3	1			上月余额																							贷				￥	2	3	0	0	9	5	

长期待摊费用总分类账

总 分 类 账

总账科目： 长期待摊费用

2010年		凭证		摘　　要	借方金额										贷方金额										借或贷	余额										✓
月	日	种类	号数		亿	千	百	十	万	千	百	十	元	角	分	亿	千	百	十	万	千	百	十	元	角	分		亿	千	百	十	万	千	百	十	元	角	分	
3	1			上月余额																							借				￥	2	8	5	0	0	0	0	
3	15	汇	1	1—15日本科目汇总																￥	2	0	0	5	0	0	借				￥	2	6	4	9	5	0	0	

待处理财产损溢总分类账

总 分 类 账

总账科目： 待处理财产损溢

2010年 月	日	凭证 种类	凭证 号数	摘　要	借方金额 亿千百十万千百十元角分	贷方金额 亿千百十万千百十元角分	借或贷	余额 亿千百十万千百十元角分	✓
3	1			上月金额				¥0	
3	15	汇	1	1—15日各科目汇总	¥50000	¥50000		¥0	
3	33	汇	2	16—31日各科目汇总	¥3720000	¥100000	借	¥3620000	

短期借款总分类账

总 分 类 账

总账科目： 短期借款

2010年 月	日	凭证 种类	凭证 号数	摘　要	借方金额 亿千百十万千百十元角分	贷方金额 亿千百十万千百十元角分	借或贷	余额 亿千百十万千百十元角分	✓
3	1			上月金额			贷	¥50250000	
3	15	汇	1	1—15日各科目汇总		¥120000000	贷	¥62250000	

交易性金融负债总分类账

总 分 类 账

总账科目: 交易性金融负债

2010 年		凭证		摘　　要	借方金额										贷方金额										借或贷	余额										√
月	日	种类	号数		亿	千	百	十	万	千	百	十	元	角	分	亿	千	百	十	万	千	百	十	元	角	分		亿	千	百	十	万	千	百	十	元	角	分	
3	1			上月余额																							贷			2	8	7	3	5	0	0	0	

应付票据总分类账

总 分 类 账

总账科目: 应付票据

2010 年		凭证		摘　　要	借方金额										贷方金额										借或贷	余额										√
月	日	种类	号数		亿	千	百	十	万	千	百	十	元	角	分	亿	千	百	十	万	千	百	十	元	角	分		亿	千	百	十	万	千	百	十	元	角	分	
3	1			上月余额																							贷									0			

应付账款总分类账

总 分 类 账

总账科目： 应付账款

2010年		凭证		摘　要	借方金额										贷方金额										借或贷	余额										√
月	日	种类	号数		亿	千	百	十	万	千	百	十	元	角	分	亿	千	百	十	万	千	百	十	元	角	分		亿	千	百	十	万	千	百	十	元	角	分
3	1			上月余额																							贷			￥	4	1	6	3	6	0	0	0
3	15	汇	1	1—15日本科目汇总																						贷			￥	4	1	6	3	6	0	0	0
3	33	汇	2	16—31日本科目汇总			￥	4	6	7	8	6	0	0	0			￥	6	7	8	6	0	0	0	贷			￥	1	6	3	6	0	0	0

应付职工薪酬总分类账

总 分 类 账

总账科目： 应付职工薪酬

2010年		凭证		摘　要	借方金额										贷方金额										借或贷	余额										√
月	日	种类	号数		亿	千	百	十	万	千	百	十	元	角	分	亿	千	百	十	万	千	百	十	元	角	分		亿	千	百	十	万	千	百	十	元	角	分
3	1			上月余额																							贷			￥	3	6	8	0	0	8	5
3	15	汇	1	1—15日本科目汇总																						贷			￥	3	6	8	0	0	8	5
3	33	汇	2	16—31日本科目汇总			￥	8	0	8	2	9	9	0	0		￥	1	2	0	5	2	8	2	0	0	贷		￥	4	3	9	7	8	3	8	5

应交税费总分类账

总 分 类 账

总账科目: 应交税费

2010年 月	日	凭证 种类	号数	摘要	借方金额 亿千百十万千百十元角分	贷方金额 亿千百十万千百十元角分	借或贷	余额 亿千百十万千百十元角分	✓
3	1			上月余额			贷	￥4 6 2 8 2 4 9	
3	15	汇	1	1—15日本科目汇总	￥4 2 5 0 0 0	￥6 5 7 8 3 0 0	贷	￥1 0 7 8 1 5 4 9	
3	33	汇	2	16—31日本科目汇总	￥2 0 2 8 2 4 0	￥9 2 8 6 7 1 3 2	贷	￥1 0 1 6 2 0 4 4 1	

其他应付款总分类账

总 分 类 账

总账科目: 其他应付款

2010年 月	日	凭证 种类	号数	摘要	借方金额 亿千百十万千百十元角分	贷方金额 亿千百十万千百十元角分	借或贷	余额 亿千百十万千百十元角分	✓
3	1			上月余额			贷	￥5 1 6 2 0 0 0	
3	15	汇	1	1—15日本科目汇总			贷	￥5 1 6 2 0 0 0	
3	33	汇	2	16—31日本科目汇总		￥3 9 6 2 2 8 8	贷	￥9 1 2 4 2 8 8	

预提费用总分类账

总 分 类 账

总账科目： 预提费用

2010 年		凭证		摘　要	借方金额										贷方金额										借或贷	余额										√
月	日	种类	号数		亿	千	百	十	万	千	百	十	元	角	分	亿	千	百	十	万	千	百	十	元	角	分		亿	千	百	十	万	千	百	十	元	角	分
3	1			上月余额																																￥	0
3	15	汇	1	1—15日本科目汇总																															￥	0
3	33	汇	2	16—31日本科目汇总													￥	1	2	9	2	3	5	6			贷			￥	1	2	9	2	3	5	6

长期借款总分类账

总 分 类 账

总账科目： 长期借款

2010 年		凭证		摘　要	借方金额										贷方金额										借或贷	余额										√
月	日	种类	号数		亿	千	百	十	万	千	百	十	元	角	分	亿	千	百	十	万	千	百	十	元	角	分		亿	千	百	十	万	千	百	十	元	角	分
3	1			上月余额																							贷		￥	6	0	0	0	0	0	0	0	0

长期应付款总分类账

总 分 类 账

总账科目： 长期应付款

2010年		凭证		摘　要	借方金额										贷方金额										借或贷	余额										√
月	日	种类	号数		亿	千	百	十	万	千	百	十	元	角	分	亿	千	百	十	万	千	百	十	元	角	分		亿	千	百	十	万	千	百	十	元	角	分	
3	1			上月余额																							贷			¥	7	0	0	0	0	0	0	0	

实收资本总分类账

总 分 类 账

总账科目： 实收资本

2010年		凭证		摘　要	借方金额										贷方金额										借或贷	余额										√
月	日	种类	号数		亿	千	百	十	万	千	百	十	元	角	分	亿	千	百	十	万	千	百	十	元	角	分		亿	千	百	十	万	千	百	十	元	角	分	
3	1			上月余额																							贷		¥	1	2	0	0	0	0	0	0	0	0	
3	15	汇	1	1—15日本科目汇总													¥	5	0	0	0	0	0	0	0	贷		¥	1	7	0	0	0	0	0	0	0	0	

资本公积总分类账

总 分 类 账

总账科目： 资本公积

2010 年		凭证		摘　要	借方金额										贷方金额										借或贷	余额										√
月	日	种类	号数		亿	千	百	十	万	千	百	十	元	角	分	亿	千	百	十	万	千	百	十	元	角	分		亿	千	百	十	万	千	百	十	元	角	分
3	1			上月余额																							贷		￥	3	0	5	7	4	6	7	9	
3	15	汇	1	1—15日本科目汇总														￥	3	3	5	0	0	0	0	贷		￥	3	3	9	2	4	6	7	9	

盈余公积总分类账

总 分 类 账

总账科目： 盈余公积

2010 年		凭证		摘　要	借方金额										贷方金额										借或贷	余额										√
月	日	种类	号数		亿	千	百	十	万	千	百	十	元	角	分	亿	千	百	十	万	千	百	十	元	角	分		亿	千	百	十	万	千	百	十	元	角	分
3	1			上月余额																							贷		￥	2	1	4	1	0	0	3	5	

本年利润总分类账

总 分 类 账

总账科目： 本年利润

2010 年		凭证		摘　　要	借方金额										贷方金额										借或贷	余额										√
月	日	种类	号数		亿	千	百	十	万	千	百	十	元	角	分	亿	千	百	十	万	千	百	十	元	角	分		亿	千	百	十	万	千	百	十	元	角	分	
3	1			上月金额																																￥	0		
3	15	汇	1	1—15日本科目汇总																															￥	0		
3	33	汇	2	16—31日本科目汇总	￥	4	1	5	5	4	0	0	0	0		￥	4	1	5	5	4	0	0	0	0												￥	0		

利润分配总分类账

总 分 类 账

总账科目： 利润分配

2010 年		凭证		摘　　要	借方金额										贷方金额										借或贷	余额										√
月	日	种类	号数		亿	千	百	十	万	千	百	十	元	角	分	亿	千	百	十	万	千	百	十	元	角	分		亿	千	百	十	万	千	百	十	元	角	分	
3	1			上月金额																							贷			￥	2	2	4	8	0	0	8	8	
3	15	汇	1	1—15日本科目汇总																							贷			￥	2	2	4	8	0	0	8	8	
3	33	汇	2	16—31日本科目汇总												￥	2	6	4	5	4	2	5	8	0		贷			￥	2	8	7	0	2	2	6	6	8	

生产成本总分类账

总 分 类 账

总账科目： 生产成本

2010年 月 日	凭证 种类	凭证 号数	摘 要	借方金额	贷方金额	借或贷	余额	✓
3 1			上月余额			借	¥121050 00	
3 15	汇	1	1—15日本科目汇总			借	¥121050 00	
3 33	汇	2	16—31日本科目汇总	¥104632622	¥105632022	借	¥111055599	

制造费用总分类账

总 分 类 账

总账科目： 制造费用

2010年 月 日	凭证 种类	凭证 号数	摘 要	借方金额	贷方金额	借或贷	余额	✓
3 1			上月余额				¥0	
3 15	汇	1	1—15日本科目汇总				¥0	
3 33	汇	2	16—31日本科目汇总	¥2527026	¥2527026	借	¥0	

主营业务收入总分类账

总 分 类 账

总账科目: _____主营业务收入_____

2010 年		凭证		摘　要	借方金额										贷方金额										借或贷	余额										√
月	日	种类	号数		亿	千	百	十	万	千	百	十	元	角	分	亿	千	百	十	万	千	百	十	元	角	分		亿	千	百	十	万	千	百	十	元	角	分	
3	1			上月余额																								贷										￥	0	
3	15	汇	1	1—15日本科目汇总													￥	2	8	9	9	0	0	0	0	0	贷			￥	2	8	9	9	0	0	0	0	0	

营业外收入总分类账

总 分 类 账

总账科目: _____营业外收入_____

2010 年		凭证		摘　要	借方金额										贷方金额										借或贷	余额										√
月	日	种类	号数		亿	千	百	十	万	千	百	十	元	角	分	亿	千	百	十	万	千	百	十	元	角	分		亿	千	百	十	万	千	百	十	元	角	分	
3	1			上月余额																								贷										￥	0	
3	15	汇	1	1—15日本科目汇总														￥	1	2	5	0	0	0	0	贷				￥	1	2	5	0	0	0	0	

主营业务成本总分类账

总 分 类 账

总账科目： 主营业务成本

2010 年		凭 证		摘　要	借方金额										贷方金额										借或贷	余额										√
月	日	种类	号数		亿	千	百	十	万	千	百	十	元	角	分	亿	千	百	十	万	千	百	十	元	角	分		亿	千	百	十	万	千	百	十	元	角	分	
3	1			上月金额																																	￥	0	
3	15	汇	1	1—15日本科目汇总																																￥	0	
3	33	汇	2	16—31日本科目汇总		￥	4	5	4	7	0	2	6	2			￥	4	5	4	7	0	2	6	2													￥	0	

营业税金及附加总分类账

总 分 类 账

总账科目： 营业税金及附加

2010 年		凭 证		摘　要	借方金额										贷方金额										借或贷	余额										√
月	日	种类	号数		亿	千	百	十	万	千	百	十	元	角	分	亿	千	百	十	万	千	百	十	元	角	分		亿	千	百	十	万	千	百	十	元	角	分	
3	1			上月金额																																	￥	0	
3	15	汇	1	1—15日本科目汇总																																￥	0	
3	33	汇	2	16—31日本科目汇总			￥	3	8	1	5	8	0						￥	3	8	1	5	8	0														￥	0	

销售费用总分类账

总 分 类 账

总账科目：　　销售费用

2010年		凭证		摘　要	借方金额										贷方金额										借或贷	余额										√
月	日	种类	号数		亿	千	百	十	万	千	百	十	元	角	分	亿	千	百	十	万	千	百	十	元	角	分		亿	千	百	十	万	千	百	十	元	角	分
3	1			上月金额																																	√	0
3	15	汇	1	1—15日本科目汇总					￥	2	5	8	0	0	0												借					￥	2	5	8	0	0	0
3	33	汇	2	16—31日本科目汇总				￥	6	2	2	8	7	5	0				￥	6	4	8	6	7	5	0										￥	0

管理费用总分类账

总 分 类 账

总账科目：　　管理费用

2010年		凭证		摘　要	借方金额										贷方金额										借或贷	余额										√
月	日	种类	号数		亿	千	百	十	万	千	百	十	元	角	分	亿	千	百	十	万	千	百	十	元	角	分		亿	千	百	十	万	千	百	十	元	角	分
3	1			上月金额																																	√	0
3	15	汇	1	1—15日本科目汇总					￥	2	0	0	5	0	0												借					￥	2	0	0	5	0	0
3	33	汇	2	16—31日本科目汇总				￥	9	5	5	2	8	4	6				￥	9	7	5	3	3	4	6										￥	0

财务费用总分类账

总 分 类 账

总账科目:　　　财务费用

2010年		凭证		摘　要	借方金额										贷方金额										借或贷	余额										✓
月	日	种类	号数		亿	千	百	十	万	千	百	十	元	角	分	亿	千	百	十	万	千	百	十	元	角	分		亿	千	百	十	万	千	百	十	元	角	分	
3	1			上月余额																																¥	0	
3	15	汇	1	1—15日本科目汇总																															¥	0	
3	33	汇	2	16—31日本科目汇总			¥	2	8	1	4	8	5	6				¥	2	8	1	4	8	5	6										¥	0	

资产减值损失总分类账

总 分 类 账

总账科目:　　　资产减值损失

2010年		凭证		摘　要	借方金额										贷方金额										借或贷	余额										✓
月	日	种类	号数		亿	千	百	十	万	千	百	十	元	角	分	亿	千	百	十	万	千	百	十	元	角	分		亿	千	百	十	万	千	百	十	元	角	分	
3	1			上月余额																																¥	0	
3	15	汇	1	1—15日本科目汇总																																¥	0	
3	33	汇	2	16—31日本科目汇总			¥	1	2	9	5	0	0	0				¥	1	2	9	5	0	0	0											¥	0	

所得税总分类账

总 分 类 账

总账科目: 所得税

2010年		凭证		摘 要	借方金额									贷方金额									借或贷	余额									√
月	日	种类	号数		亿	千	百	十	万	千	百	十	元	角	分	亿	千	百	十	万	千	百	十	元	角	分		亿	千	百	十	万	千	百	十	元	角	分	
3	1			上月余额																																		∀	0	
3	15	汇	1	1—15日本科目汇总																																		∀	0	
3	33	汇	2	16—31日本科目汇总		∀	8	7	3	3	4	5	5	2			∀	8	7	3	3	4	5	5	2													∀	0	

以前年度损益调整总分类账

总 分 类 账

总账科目: 以前年度损益调整

2010年		凭证		摘 要	借方金额											贷方金额											借或贷	余额											√
月	日	种类	号数		亿	千	百	十	万	千	百	十	元	角	分	亿	千	百	十	万	千	百	十	元	角	分		亿	千	百	十	万	千	百	十	元	角	分	
3	1			上月余额																																		∀	0	
3	15	汇	1	1—15日本科目汇总																																		∀	0	
3	33	汇	2	16—31日本科目汇总		∀	1	0	0	0	0	0	0	0			∀	1	0	0	0	0	0	0	0	0													∀	0	

第5章　填制会计报表

经过了一个月的工作之后，张清已经对公司的财务程序、经营状况有了一定的了解和认识。老会计李叔带他做账十分尽心，张清进步飞速，转眼下个月就可以独当一面了。

月底结账对账，财务部门是最忙的，张清已经连加了三天班了。终于把账务结转清楚后，老会计叫张清和他一起填制会计报表。

张清当年在学校里就没把会计报表搞明白，现在一听会计报表头就大，可是老会计做事认真，说了让张清来一起做，那肯定就不打折扣的，张清只好硬着头皮进了老会计的办公室。

李叔看到张清的脸色，就知道他畏难，说道："其实会计报表并不难，当会计经过结账、对账，登记过明细账和总账之后，就需要通过会计报表，对本期的会计管理成果进行展示和说明。这个过程并不复杂。"

张清说："说实话我是对报表有点头大，可是总还得学会的，李叔我和你一起填，您多指点我。"李叔点点头，说道："咱们现在开始吧。"

5.1 会计的试算平衡

李叔说："首先咱们先来进行试算平衡。会计中所说的试算平衡，是指根据借贷记账法的复式记账规则，会计账务体系中所有账户的借方总和与贷方总和应当相等。当这二者相等时就称为账务平衡。"

5.1.1 试算平衡的含义

"会计的试算平衡具有三重含义，"李叔说道，"就是要会计各账户的：
- 期初余额平衡；
- 本期发生额平衡；
- 期末余额平衡。"

张清问道："那要怎么样才能知道这三方面是否平衡呢？"

李叔说："利用试算平衡表。咱们先来填制试算平衡表吧。然后根据试算平衡表来填制相应的报表。"试算平衡表的样式如下：

5.1.2 试算平衡表真账模拟

试算平衡表

2010年3月

编号	科目名称	期初余额		本期发生额		期末余额	
		借方	贷方	借方	贷方	借方	贷方
1001	库存现金	2,000.00	0.00	22,920.00	11,400.00	13,520.00	0.00
1002	银行存款	1,330,020.68	0.00	4,819,199.26	2,280,595.00	3,880,624.94	0.00
1015	其他货币资金	123,500.00	0.00	400,000.00	400,000.00	123,500.00	0.00
1101	交易性金融资产	96,800.00	0.00	0.00	0.00	96,800.00	0.00
1121	应收票据	86,800.00	0.00	189,540.00	276,340.00	0.00	0.00
1122	应收账款	68,765.00	0.00	339,183.00	11,700.00	396,248.00	0.00
1123	预付账款	0.00	0.00	0.00	0.00	271,000.00	0.00
1131	应收股利	0.00	0.00	0.00	0.00	0.00	0.00
1132	应收利息	0.00	0.00	0.00	0.00	0.00	0.00
1231	其他应收款	5,600.00	0.00	17,045.30	5,500.00	17,145.30	0.00
1241	坏账准备	0.00	1,500.00	0.00	9,750.00	0.00	11,250.00

续表

编号	科目名称	期初余额		本期发生额		期末余额	
		借方	贷方	借方	贷方	借方	贷方
1321	代理业务资产	0.00	0.00	0.00	0.00	0.00	0.00
1401	材料采购	0.00	0.00	0.00	0.00	0.00	0.00
1402	在途物资	0.00	0.00	0.00	0.00	0.00	0.00
1403	原材料	325,353.43	0.00	83,000.00	222,560.00	185,793.43	0.00
1404	材料成本差异	0.00	0.00	0.00	0.00	0.00	0.00
1406	库存商品	201,250.00	0.00	1,417,320.23	454,702.62	1,163,867.61	0.00
1407	发出商品	0.00	0.00	0.00	0.00	0.00	0.00
1410	商品进销差价	0.00	0.00	0.00	0.00	0.00	0.00
1411	委托加工物资	123,500.00	0.00	0.00	0.00	123,500.00	0.00
	周转材料	152,000.00	0.00	0.00	0.00	152,000.00	0.00
1412	包装物及低值易耗品	0.00	0.00	0.00	0.00	0.00	0.00
1461	存货跌价准备	0.00	8,000.00	0.00	0.00	0.00	8,000.00
1501	待摊费用	0.00	0.00	0.00	0.00	0.00	0.00
	一年内到期的非流动资产	21,000.00	0.00	0.00	0.00	21,000.00	0.00
1521	持有至到期投资	57,300.00	0.00	0.00	0.00	57,300.00	0.00
1522	持有至到期投资减值准备	0.00	12,000.00	0.00	0.00	0.00	12,000.00
1523	可供出售金融资产	85,000.00	0.00	0.00	0.00	85,000.00	0.00
1524	长期股权投资	253,600.00	0.00	0.00	0.00	253,600.00	0.00
1525	长期股权投资减值准备	0.00	15,000.00	0.00	3,200.00	0.00	18,200.00
1526	投资性房地产	250,000.00	0.00	0.00	0.00	250,000.00	0.00
1531	长期应收款	0.00	0.00	0.00	0.00	0.00	0.00
1541	未实现融资收益	0.00	0.00	0.00	0.00	0.00	0.00
1601	固定资产	685,900.00	0.00	441,723.00	240,000.00	887,623.00	0.00
1602	累计折旧	0.00	136,700.00	67,500.00	51,875.00	0.00	121,075.00
1603	固定资产减值准备	0.00	11,600.55	0.00	0.00	0.00	11,600.55
1604	在建工程	80,123.75	0.00	564,568.00	140,000.00	504,691.75	0.00

编号	科目名称	期初余额		本期发生额		期末余额	
		借方	贷方	借方	贷方	借方	贷方
1605	工程物资	30,000.00	0.00	30,000.00	0.00	60,000.00	0.00
1606	固定资产清理	2,000.00	0.00	150,000.00	150,000.00	2,000.00	0.00
1701	无形资产	32,600.00	0.00	0.00	0.00	32,600.00	0.00
1702	累计摊销	0.00	20,000.00	0.00	2,200.00	0.00	22,200.00
1703	无形资产减值准备	0.00	2,300.95	0.00	0.00	0.00	2,300.95
1711	商誉	0.00	0.00	0.00	0.00	0.00	0.00
1801	长期待摊费用	28,500.00	0.00	0.00	2,005.00	26,495.00	0.00
1811	递延所得税资产	0.00	0.00	0.00	0.00	0.00	0.00
1901	待处理财产损溢	0.00	0.00	37,700.00	1,500.00	36,200.00	0.00
2001	短期借款	0.00	502,500.00	0.00	120,000.00	0.00	622,500.00
2101	交易性金融负债	0.00	287,350.00	0.00	0.00	0.00	287,350.00
2201	应付票据	0.00	0.00	0.00	0.00	0.00	0.00
2202	应付账款	0.00	416,360.00	467,860.00	67,860.00	0.00	16,360.00
2205	预收账款	0.00	0.00	0.00	0.00	0.00	0.00
2211	应付职工薪酬	0.00	36,800.85	808,299.00	1,205,282.00	0.00	433,783.85
2221	应交税费	0.00	46,282.49	24,532.40	994,454.32	0.00	1,016,204.41
2231	应付股利	0.00	0.00	0.00	0.00	0.00	0.00
2232	应付利息	0.00	0.00	0.00	0.00	0.00	0.00
2241	其他应付款	0.00	51,620.00	0.00	39,622.88	0.00	91,242.88
2314	代理业务负债	0.00	0.00	0.00	0.00	0.00	0.00
2401	预提费用	0.00	0.00	0.00	12,923.56	0.00	12,923.56
2411	预计负债	0.00	0.00	0.00	0.00	0.00	0.00
2501	递延收益	0.00	0.00	0.00	0.00	0.00	0.00
2601	长期借款	0.00	600,000.00	0.00	0.00	0.00	600,000.00
2602	长期债券	0.00	0.00	0.00	0.00	0.00	0.00
2801	长期应付款	0.00	70,000.00	0.00	0.00	0.00	70,000.00
2802	未确认融资费用	0.00	0.00	0.00	0.00	0.00	0.00
2811	专项应付款	0.00	0.00	0.00	0.00	0.00	0.00
2901	递延所得税负债	0.00	0.00	0.00	0.00	0.00	0.00

编号	科目名称	期初余额		本期发生额		期末余额	
		借方	贷方	借方	贷方	借方	贷方
3101	衍生工具	0.00	0.00	0.00	0.00	0.00	0.00
3201	套期工具	0.00	0.00	0.00	0.00	0.00	0.00
3202	被套期项目	0.00	0.00	0.00	0.00	0.00	0.00
4001	实收资本	0.00	1,200,000.00	0.00	500,000.00	0.00	1,700,000.00
4002	资本公积	0.00	305,746.79	0.00	33,500.00	0.00	339,246.79
4101	盈余公积	0.00	214,100.35	0.00	0.00	0.00	214,100.35
4103	本年利润	0.00	0.00	4,155,400.00	4,155,400.00	0.00	0.00
4104	利润分配	0.00	224,800.88	0.00	2,645,425.80	0.00	2,870,226.68
4201	库存股	0.00	0.00	0.00	0.00	0.00	0.00
5001	生产成本	121,050.00	0.00	1,046,326.22	1,056,320.23	111,055.99	0.00
5101	制造费用	0.00	0.00	25,270.26	25,270.26	0.00	0.00
5201	劳务成本	0.00	0.00	0.00	0.00	0.00	0.00
5301	研发支出	0.00	0.00	0.00	0.00	0.00	0.00
6001	主营业务收入	0.00	0.00	4,092,900.00	4,092,900.00	0.00	0.00
6051	其他业务收入	0.00	0.00	0.00	0.00	0.00	0.00
6101	公允价值变动损益	0.00	0.00	0.00	0.00	0.00	0.00
6111	投资收益	0.00	0.00	0.00	0.00	0.00	0.00
6301	营业外收入	0.00	0.00	62,500.00	62,500.00	0.00	0.00
6401	主营业务成本	0.00	0.00	454,702.62	454,702.62	0.00	0.00
6402	其他业务支出	0.00	0.00	0.00	0.00	0.00	0.00
6405	营业税金及附加	0.00	0.00	3,815.80	3,815.80	0.00	0.00
6601	销售费用	0.00	0.00	64,867.50	64,867.50	0.00	0.00
6602	管理费用	0.00	0.00	97,533.46	97,533.46	0.00	0.00
6603	财务费用	0.00	0.00	28,148.56	28,148.56	0.00	0.00
6604	勘探费用	0.00	0.00	0.00	0.00	0.00	0.00
6701	资产减值损失	0.00	0.00	12,950.00	12,950.00	0.00	0.00
6711	营业外支出	0.00	0.00	0.00	0.00	0.00	0.00
6801	所得税	0.00	0.00	873,345.52	873,345.52	0.00	0.00
6901	以前年度损益调整	0.00	0.00	10,000.00	10,000.00	0.00	0.00
合　计		4,161,662.86	4,161,662.86	20,808,150.13	20,818,150.13	8,480,565.02	8,480,565.02

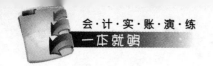

5.2 资产负债表真账模拟

资产负债表

会企01表
单位：元

编制单位：　　　　　　　　　　　2010年3月31日

资产	期末余额	负债和所有者权益（或股东权益）	期末余额
流动资产：		**流动负债：**	
货币资金	4,017,644.94	短期借款	622,500.00
交易性金融资产	96,800.00	交易性金融负债	287,350.00
应收票据	-	应付票据	-
应收账款	384,998.00	应付账款	16,360.00
预付款项		预收款项	
应收利息	-	应付职工薪酬	433,783.85
应收股利	-	应交税费	1,016,204.41
其他应收款	17,145.30	应付利息	-
存货	1,728,217.03	应付股利	-
待摊费用		预提费用	12,923.56
一年内到期的流动资产	21,000.00	其他应付款	91,242.88
其他流动资产		一年内到期的非流动负债	
流动资产合计	￥ 6,265,805.27	其他流动负债	
非流动资产：		流动负债合计	￥ 2,480,364.70
可供出售金融资产	85,000.00	**非流动负债：**	
持有至到期投资	45,300.00	长期借款	600,000.00
长期应收款	-	应付债券	-
长期股权投资	235,400.00	长期应付款	70,000.00
投资性房地产	250,000.00	专项应付款	
固定资产	754,947.45	预计负债	
在建工程	504,691.75	递延所得税负债	-
工程物资	60,000.00	其他非流动负债	-
固定资产清理	2,000.00	非流动负债合计	￥ 670,000.00
生产性资产		负债合计	￥ 3,150,364.70
油气资产		**所有者权益（或股东权益）：**	
无形资产	8,099.05	实收资本（或股本）	1,700,000.00
开发支出	-	资本公积	339,246.79
商誉		减：库存股	
长期待摊费用	26,495.00	盈余公积	214,100.35
递延所得税资产	-	未分配利润	2,870,226.68
其他非流动资产	36,200.00	所有者权益（或股东权益）合计	￥ 5,123,573.82
非流动资产合计	￥ 2,008,133.25		
资产总计	￥ 8,273,938.52	负债和所有者权益总计	￥ 8,273,938.52

5.3 利润表真账模拟

利 润 表

会企02表

编制单位：　　　　　　　　　　2010/3/31　　　　　　　　　　单位：元

项 目	行次	本期金额	上期金额
一、营业收入	1	￥ 4,092,900.00	
减：营业成本	2	￥ 454,702.62	
营业税金及附加	3	￥ 3,815.80	
销售费用	4	￥ 64,867.50	
管理费用	5	￥ 97,533.46	
财务费用	6	￥ 28,148.56	
资产减值损失	7	￥ 12,950.00	
加：公允价值变动收益（损失以"-"号填列）	8		
投资收益（损失以"-"号填列）	9		
其中：对联营企业和合营企业的投资收益	10		
二、营业利润（亏损以"-"号填列）	11	￥ 3,430,882.06	
加：营业外收入	12	￥ 62,500.00	
减：营业外支出	13		
其中：非流动资产处置损失	14		
三、利润总额（亏损总额以"-"号填列）	15	￥ 3,493,382.06	
减：所得税费用	16	￥ 873,345.52	
四、净利润（净亏损以"-"号填列）	17	￥ 2,620,036.54	
五、每股收益：	18		
（一）基本每股收益	19		
（二）稀释每股收益	20		

第❻章　网络公司的会计处理

网络公司的业务与一般的工商业企业有很大的不同，其最大特点是运营方式与收入的来源不同寻常。网络公司主要是通过为用户提供互联网相关的服务而取得相应收入的，其收入来源主要包括：

- ❑　网络使用费；
- ❑　网络广告发布费；
- ❑　代理域名注册费；
- ❑　网页制作、维护费；
- ❑　服务器租赁费。

而网络公司的相应服务，由于情况特殊，在进行税费的征收时，其依据的标准也各不相同。

6.1　网络使用费的会计处理

网络使用费，是指按使用时间或定额向用户收取的费用，是网络公司的主要收入来源。同时，对于一些并不具备相应硬件优势的企业来说，网络使用费也是其主要运营成本之一。

6.1.1　网络使用费为成本时

公司向中国电信租用网络带宽，以便开展相应的网络业务。2010年3月2日，公司向中国电信缴纳本月的网络使用费，计36547.58元。本笔业务的会计凭证如下：

记　账　凭　证
VOUCHER

日期：2010 年 3 月 2 日　　　　　转字第 3001 号
DATE：　　Y　　M　　D　　　　　　　NO.

摘　要 DESCRIPTION	总账科目 GEN.LEN.A/C	明细科目 SUB.LED.A/C	借方金额 DEBIT AMT. 亿千百十万千百十元角分	贷方金额 CREDIT AMT. 亿千百十万千百十元角分	记账 P.R. √
支付上月网络使用费	主营业务成本	网络使用费	￥3 6 5 4 7 5 8		
	银行存款			￥3 6 5 4 7 5 8	
附件　张 ATTACHMENTS	合　计　TOTAL		￥3 6 5 4 7 5 8	￥3 6 5 4 7 5 8	

核准：　　复核：　　　记账：　　　出纳：　　　制单：李五一　　签收：
APPROED　CHERKED　ENTERED　CASHIER　PREPARED　　　RECEIER

6.1.2　网络使用费为收入时

公司向客户收取网络使用费，本月总计153899元。本笔业务的会计凭证如下：

记 账 凭 证

VOUCHER

日期： 2010 年 3 月 5 日　　　　　　　　　转字第 3002 号
DATE：　　 Y　　 M　　 D　　　　　　　　　　　NO.

摘　　要 DESCRIPTION	总账科目 GEN.LEN.A/C	明细科目 SUB.LED.A/C	借方金额 DEBIT AMT.										贷方金额 CREDIT AMT.										记账 P.R.√
			亿	千	百	十	万	千	百	十	元	角	分	亿	千	百	十	万	千	百	十	元	角	分	
收取客户A网络使用费	银行存款				¥	1	2	8	0	0	0	0	0												
	主营业务收入	网络使用费														¥	1	2	8	0	0	0	0	0	
附件　　张 ATTACHMENTS	合　　计　 TOTAL				¥	1	2	8	0	0	0	0	0			¥	1	2	8	0	0	0	0	0	

核 准：　　　复 核：　　　　记 账：　　　出 纳：　　　制 单： 李五一　　　签 收：
APPROED　　 CHERKED　　　 ENTERED　　 CASHIER　　 PREPARED　　　　　 RECEIER

6.1.3 网络使用费的税率

提供网络服务，是用各种电传设备传输电信号来传递信息的业务，属邮电通信业，应按3%的税率缴纳营业税。

6.2 网络广告发布费的会计处理

网络广告发布费，是指向在互联网发布广告的客户收取的费用。网络吸引的注意力越来越多，其广告效果也越来越明显，所以网络广告收入也是网络公司的主要收入来源之一。

6.2.1 收取网络广告发布费时

A公司支付8700元，用来在本公司的代理网络广告位上发布产品广告。本笔业务的会计凭证如下：

记 账 凭 证
VOUCHER

日期： *2010* 年 *3* 月 *6* 日　　　　　　　　转字第 *3003* 号
DATE： Y　　M　　D　　　　　　　　　　　　NO.

摘　　要 DESCRIPTION	总账科目 GEN.LEN.A/C	明细科目 SUB.LED.A/C	借方金额 DEBIT AMT. 亿 千 百 十 万 千 百 十 元 角 分	贷方金额 CREDIT AMT. 亿 千 百 十 万 千 百 十 元 角 分	记账 P.R. √
收到A公司的网络广告发布费	银行存款		￥ 8 7 0 0 0 0		
	主营业务收入	网络广告发布费		￥ 8 7 0 0 0 0	
附件　　张 ATTACHMENTS	合　　计　　TOTAL		￥ 8 7 0 0 0 0	￥ 8 7 0 0 0 0	

核准：　　复核：　　　　记账：　　　　出纳：　　　制单：　　　　　　签收：
APPROED　CHERKED　　ENTERED　　CASHIER　PREPARED *李五一*　RECEIER

6.2.2　网络广告发布费的税率

广告发布，属服务业中的广告业，除了缴纳5％的营业税外，还需缴纳3％的文化事业建设费，由地税局代征。

6.3　代理域名注册费的会计处理

代理域名注册费，是指代用户向国内或国外站点申请域名，并收取的相应费用。并不是每一家网络公司都有代理域名业务，许多大公司并不将域名代理注册作为主要业务看待，但是也有相当数量的网络公司以代理域名注册为主要收入来源。

6.3.1　收取代理域名注册费时

B公司打算注册本公司的域名，该公司将此项业务交由本公司来全权代理，公司向其收取899元的代理费用。本笔业务的会计凭证如下：

记 账 凭 证
VOUCHER

日期 2010 年 3 月 7 日　　　　　　　转字第 3004 号
DATE: Y M D　　　　　　　　　　　　NO.

摘　要 DESCRIPTION	总账科目 GEN.LEN.A/C	明细科目 SUB.LED.A/C	借方金额 DEBIT AMT. 亿千百十万千百十元角分	贷方金额 CREDIT AMT. 亿千百十万千百十元角分	记账 P.R. √
收到B公司代理域名注册费	银行存款		7 5 9 9 0 0		
	主营业务收入	代理域名注册费		7 5 9 9 0 0	
附件　张 ATTACHMENTS	合　计　TOTAL		7 5 9 9 0 0	7 5 9 9 0 0	

核准:　　　复核:　　　　记账:　　　　出纳:　　　　制单: 李五一　　　签收:
APPROED　　CHERKED　　ENTERED　　CASHIER　　PREPARED　　　RECEIER

6.3.2　代理域名注册费的税率

代理域名注册费，属服务业中的代理业，应实行收支两条线管理，按收取的代理费全额缴纳5%的营业税，而不能扣除支付给对方的注册费。

6.4　网页制作、维护费的会计处理

网页制作、网页维护是网络公司的传统业务，是向客户提供网页制作和维护服务，从而获得相应的费用。

6.4.1　收取网页制作、维护费

C公司委托本公司制作其公司网站，并承担一年的维护工作，本公司向其收取5600元网页制作、维护费。本笔业务的会计凭证如下：

记 账 凭 证
VOUCHER

日期： 2010 年 3 月 8 日
DATE： Y M D

转字第 3005 号
NO.

摘　　要 DESCRIPTION	总账科目 GEN.LEN.A/C	明细科目 SUB.LED.A/C	借方金额 DEBIT AMT.											贷方金额 CREDIT AMT.											记账 P.R. √
			亿	千	百	十	万	千	百	十	元	角	分	亿	千	百	十	万	千	百	十	元	角	分	
收到C公司网页制作维护费	银行存款					￥	5	6	0	0	0	0													
	主营业务收入	网页制作维护费															￥	5	6	0	0	0	0	
附件　　张 ATTACHMENTS	合　　计 TOTAL					￥	5	6	0	0	0	0					￥	5	6	0	0	0	0		

核准： 复核： 记账： 出纳： 制单： 李五一 签收：
APPROED CHERKED ENTERED CASHIER PREPARED RECEIER

6.4.2 网页制作、维护费的税率

网页制作、维护，需按服务业标准，缴纳5％的营业税。

6.5 服务器租赁费的会计处理

独立的网络服务器，其购买和维护成本较高，一般企业负担不起或没必要单独承担。通常情况下，都是向专业的服务器租赁服务商租用服务器。服务器租赁费，就是指一般企业向网络公司租用网络服务器而支付的费用。

6.5.1 收取服务器租赁费

服务器租赁费，是网络公司相当重要的收入来源。D公司向本公司租赁服务器空间，向本公司支付服务器租赁费8800元。本笔业务的会计凭证如下：

记 账 凭 证
VOUCHER

日期： 2010 年 3 月 10 日
DATE：　　 Y　　 M　　 D

转字第 3006 号
NO.

摘　　要 DESCRIPTION	总账科目 GEN.LEN.A/C	明细科目 SUB.LED.A/C	借方金额 DEBIT AMT.										贷方金额 CREDIT AMT.										记账 P.R.
			亿	千	百	十	万	千	百	十	元	角	分	亿	千	百	十	万	千	百	十	元	角	分	✓
收到D公司服务器租赁费	银行存款				8	8	0	0	0	0															
	主营业务收入	服务器租赁费														8	8	0	0	0	0				
附件　　张 ATTACHMENTS	合　　计	TOTAL			8	8	0	0	0	0						8	8	0	0	0	0				

核准：　　　复核：　　　　　记账：　　　　出纳：　　　制单： 李五一　　　　签收：
APPROED　　CHERKED　　　ENTERED　　　CASHIER　　PREPARED　　　　　RECEIER

6.5.2 服务器租赁费的税率

服务器租赁费，应按服务业中的租赁业，缴纳5％的营业税。

第 **7** 章　软件企业的会计处理

软件企业，是指以软件开发为主要业务的高新技术公司。大部分高新技术企业，都存在开发项目核算的特殊业务。软件企业是最典型的高新技术企业，其会计处理也最典型。软件企业的财务管理具有鲜明的特点，表现在：

- ☐ 软件开发期较长；
- ☐ 开发期间基本只有支出并无收入；
- ☐ 软件开发完成并申请专利后，基本就只有收入产生；
- ☐ 后期费用支出较少，或基本没有。

7.1 软件开发期会计处理

软件开发期，软件公司一般情况下只有支出，基本无收入，所有与软件开发相关的支出和费用，都计入相关软件的开发成本中，具体处理如下：

7.1.1 软件立项时

软件立项时，设立在建工程账户，将前期的准备支出计入。

例如：公司决定开发一款手机软件，目前已经投入前期相应支出15987.6元，2010年3月5日该项目正式立项。本笔业务的会计凭证如下：

记 账 凭 证
VOUCHER

日期：2010 年 3 月 5 日　　　　转字第 3001 号
DATE：　Y　M　D　　　　　　　NO.

摘　要 DESCRIPTION	总账科目 GEN.LEN.A/C	明细科目 SUB.LED.A/C	借方金额 DEBIT AMT. 亿千百十万千百十元角分	贷方金额 CREDIT AMT. 亿千百十万千百十元角分	记账 P.R. √
前期费用入账	在建工程	前期费用	¥1 5 9 8 7 6 0		
	银行存款			¥1 5 9 8 7 6 0	
附件　张 ATTACHMENTS	合　计 TOTAL		¥1 5 9 8 7 6 0	¥1 5 9 8 7 6 0	

核准　　　复核　　　　记账　　　出纳　　　制单 张清　　　签收
APPROED　CHERKED　ENTERED　CASHIER　PREPARED　　RECEIER

7.1.2 软件开发人员工资、福利费

软件开发人员工资、福利费等，计入在建工程账户中。

例如：2010年3月10日，支付手机软件开发人员上月工资158894元。本笔业务的会计凭证如下：

记 账 凭 证
VOUCHER

日期： <u>2010</u> 年 <u>3</u> 月 <u>10</u> 日　　　　　　　　　　转字第 <u>3002</u> 号
DATE ：　　Y　　　M　　　D　　　　　　　　　　　NO.

摘　要 DESCRIPTION	总账科目 GEN.LEN.A/C	明细科目 SUB.LED.A/C	借方金额 DEBIT AMT.										贷方金额 CREDIT AMT.										记账 P.R. √
			亿	千	百	十	万	千	百	十	元	角	分	亿	千	百	十	万	千	百	十	元	角	分	
软件开发人员工资	在建工程	工资			￥	1	5	8	8	9	4	0	0											
	应付职工薪酬	工资														￥	1	5	8	8	9	4	0	0
附件　张 ATTACHMENTS	合　计　TOTAL				￥	1	5	8	8	9	4	0	0			￥	1	5	8	8	9	4	0	0

核准：　　　复核：　　　　记账：　　　出纳：　　　制单： 张清　　　　签收：
APPROED　　CHERKED　　　ENTERED　　　CASHIER　　PREPARED　　　　RECEIER

说明：由于这些人员上月已开始进行手机软件的前期开发，所以上月工资应计入在建工程中。

7.1.3　软件公司辅助部门人员工资、福利费

软件公司辅助部门人员工资、福利费等，计入在建工程账户中。

例如：3月10日，发放手机软件开发项目组辅助人员工资，计56342.5元。本笔业务的会计凭证如下：

记 账 凭 证
VOUCHER

日期： <u>2010</u> 年 <u>3</u> 月 <u>10</u> 日　　　　　　　　　　转字第 <u>3003</u> 号
DATE ：　　Y　　　M　　　D　　　　　　　　　　　NO.

摘　要 DESCRIPTION	总账科目 GEN.LEN.A/C	明细科目 SUB.LED.A/C	借方金额 DEBIT AMT.										贷方金额 CREDIT AMT.										记账 P.R. √
			亿	千	百	十	万	千	百	十	元	角	分	亿	千	百	十	万	千	百	十	元	角	分	
软件开发辅助部门人员工资	在建工程	工资				￥	5	6	3	4	2	5	0											
	应付职工薪酬	工资															￥	5	6	3	4	2	5	0
附件　张 ATTACHMENTS	合　计　TOTAL					￥	5	6	3	4	2	5	0				￥	5	6	3	4	2	5	0

核准：　　　复核：　　　　记账：　　　出纳：　　　制单： 张清　　　　签收：
APPROED　　CHERKED　　　ENTERED　　　CASHIER　　PREPARED　　　　RECEIER

7.1.4 软件公司开发相关的其他费用

软件公司开发相关的其他费用,计入在建工程账户中。

例如:3月11日,支付手机软件开发组水电费及其他各项费用,共计56748.5元。本笔业务的会计凭证如下:

记 账 凭 证
VOUCHER

日期:DATE: 2010 年 Y 3 月 M 11 日 D

转字第 3004 号 NO.

摘 要 DESCRIPTION	总账科目 GEN.LEN.A/C	明细科目 SUB.LED.A/C	借方金额 DEBIT AMT.											贷方金额 CREDIT AMT.											记账 P.R. √
			亿	千	百	十	万	千	百	十	元	角	分	亿	千	百	十	万	千	百	十	元	角	分	
其他费用	在建工程	其他费用				¥	5	6	7	4	8	5	0												
	银行存款																¥	5	6	7	4	8	5	0	
附件 张 ATTACHMENTS	合 计 TOTAL					¥	5	6	7	4	8	5	0				¥	5	6	7	4	8	5	0	

核准: APPROED 复核: CHERKED 记账: ENTERED 出纳: CASHIER 制单: PREPARED 张清 签收: RECEIER

7.2 软件销售的会计处理

软件设计完成后,就可以出售或提供收费下载取得收入。所以此时软件公司的会计业务主要与收入相关,但也包括销售的相关费用等。

7.2.1 结转软件开发成本

3月25日,手机软件基本开发结束,其计入在建工程的287972.6元相关成本,于当时进行结转。本笔业务的会计凭证如下:

记 账 凭 证
VOUCHER

日期： 2010 年 3 月 25 日
DATE： Y M D

转字第 3005 号
NO.

摘　　要 DESCRIPTION	总账科目 GEN.LEN.A/C	明细科目 SUB.LED.A/C	借方金额 DEBIT AMT.										贷方金额 CREDIT AMT.										记账
			亿	千	百	十	万	千	百	十	元	角	分	亿	千	百	十	万	千	百	十	元	角	分	P.R.✓
软件开发完成	无形资产			￥	2	8	7	9	7	2	6	0													
	在建工程														￥	2	8	7	9	7	2	6	0	
附件　　张 ATTACHMENTS	合　　计　TOTAL			￥	2	8	7	9	7	2	6	0			￥	2	8	7	9	7	2	6	0	

核 准： 复 核： 记 账： 出 纳： 制 单： 张清 签 收：
APPROED CHERKED ENTERED CASHIER PREPARED RECEIER

7.2.2 软件生产成本

软件的生产成本，包括以下成本项目：

● 软件复制拷贝费用；

● 软件文档费用；

● 培训资料编写费用；

● 软件包装费用等。

生产成本项目在软件产品销售时转作销售成本，由各期收益补偿。

例如：3月25日，支付软件拷贝费用8000元，软件包装费900元。本笔业务的会计凭证如下：

记 账 凭 证
VOUCHER

日期: 2010 年 3 月 25 日
DATE: Y M D

转字第 3006 号
NO.

摘 要 DESCRIPTION	总账科目 GEN.LEN.A/C	明细科目 SUB.LED.A/C	借方金额 DEBIT AMT.										贷方金额 CREDIT AMT.										记账 P.R. √
			亿	千	百	十	万	千	百	十	元	角	分	亿	千	百	十	万	千	百	十	元	角	分	
结转软件成本	主营业务成本					7	8	9	0	0	0	0												
	银行存款															7	8	9	0	0	0	0	
附件 张 ATTACHMENTS	合 计 TOTAL					7	8	9	0	0	0	0					7	8	9	0	0	0	0	

核准: 复核: 记账: 出纳: 制单: 张清 签收:
APPROED CHERKED ENTERED CASHIER PREPARED RECEIER

7.2.3 无形资产摊销

手机软件作为公司的无形资产，需要进行摊销。

例如：计提本月手机软件应摊销的费用为6454.17元。本笔业务的会计凭证如下：

记 账 凭 证
VOUCHER

日期: 2010 年 3 月 31 日
DATE: Y M D

转字第 3007 号
NO.

摘 要 DESCRIPTION	总账科目 GEN.LEN.A/C	明细科目 SUB.LED.A/C	借方金额 DEBIT AMT.										贷方金额 CREDIT AMT.										记账 P.R. √
			亿	千	百	十	万	千	百	十	元	角	分	亿	千	百	十	万	千	百	十	元	角	分	
无形资产摊销	管理费用					7	6	4	3	4	1	7												
	累计摊销															7	6	4	3	4	1	7	
附件 张 ATTACHMENTS	合 计 TOTAL					7	6	4	3	4	1	7					7	6	4	3	4	1	7	

核准: 复核: 记账: 出纳: 制单: 张清 签收:
APPROED CHERKED ENTERED CASHIER PREPARED RECEIER

7.2.4 软件销售费用

在软件销售时发生的相关费用，可以直接计入销售费用中处理。

例如：3月31日，支付软件宣传广告费5588元。本笔业务的会计凭证如下：

记 账 凭 证
VOUCHER

日期： 2010 年 3 月 31 日　　　　　　　　　　　　　　转字第 3008 号
DATE： Y M D　　　　　　　　　　　　　　　　　　　　　NO.

摘　　　要 DESCRIPTION	总账科目 GEN.LEN.A/C	明细科目 SUB.LED.A/C	借方金额 DEBIT AMT. 亿千百十万千百十元角分	贷方金额 CREDIT AMT. 亿千百十万千百十元角分	记账 P.R. √
支付销售费用	销售费用		￥5 5 8 8 0 0		
	银行存款			￥5 5 8 8 0 0	
附件　　张 ATTACHMENTS	合　计 TOTAL		￥5 5 8 8 0 0	￥5 5 8 8 0 0	

核　准：　　复　核：　　　　　记账：　　　　出　纳：　　　制单：张清　　　　签　收：
APPROED　　CHERKED　　　　ENTERED　　　CASHIER　　　PREPARED　　　　RECEIER

7.2.5 软件销售人员工资

软件销售人员的工资，也属于销售相关的费用，应计入销售费用账户中。

例如：4月10日，支付手机软件专职销售人员工资57669.7元。本笔业务的会计凭证如下：

记 账 凭 证
VOUCHER

日期： 2010 年 4 月 10 日
DATE： Y M D

转字第 3009 号
NO.

摘要 DESCRIPTION	总账科目 GEN.LEN.A/C	明细科目 SUB.LED.A/C	借方金额 DEBIT AMT.										贷方金额 CREDIT AMT.										记账
			亿	千	百	十	万	千	百	十	元	角	分	亿	千	百	十	万	千	百	十	元	角	分	P.R.√
软件销售人员工资	销售费用						¥	5	7	6	6	9	7	0											
	银行存款																		¥	5	7	6	6	9	7	0	
附件 张 ATTACHMENTS	合 计 TOTAL						¥	5	7	6	6	9	7	0					¥	5	7	6	6	9	7	0	

核准： 复核： 记账： 出纳： 制单：张清 签收：
APPROED CHERKED ENTERED CASHIER PREPARED. RECEIER

7.3 售后服务费用的会计处理

售后服务费用，是指软件销售完成后的后续费用，其所包含内容为：

● 软件维持费用；

● 软件支持费用；

● 其他杂项费用等。

其他费用确认为软件被出售、出租或以其他方式上市后的，所发生的费用计入售后服务费用。

例如：手机软件出售给手机公司后，由于与该公司的相关接口不合，故特为该公司的手机特别设置接口，相应费用578元由本公司支付。本笔业务的会计凭证如下：

记 账 凭 证
VOUCHER

日期: 2010 年 3 月 31 日　　　转字第 3010 号
DATE: Y M D　　　NO.

摘　要 DESCRIPTION	总账科目 GEN.LEN.A/C	明细科目 SUB.LED.A/C	借方金额 DEBIT AMT. 亿 千 百 十 万 千 百 十 元 角 分	贷方金额 CREDIT AMT. 亿 千 百 十 万 千 百 十 元 角 分	记账 P.R. √
售后服务费用	销售费用		￥5 7 8 0 0		
	银行存款			￥5 7 8 0 0	
附件　张 ATTACHMENTS	合　计 TOTAL		￥5 7 8 0 0	￥5 7 8 0 0	

核准: 复核: 记账: 出纳: 制单: 张清 签收:
APPROED CHERKED ENTERED CASHIER PREPARED RECEIER

第 **8** 章　广告公司的会计处理

广告公司也是较常见的公司类型。广告公司的会计处理也具有其特殊性，需要单独列示出来，以供会计同仁参考。

8.1　收入的核算

广告公司的收入，一般是制作广告取得广告制作收入，另外还包括广告公司代理广告牌、广告位等赚得的相应差价收入。

8.1.1　广告收入的处理

2010年3月2日，公司收到上月的广告收入，计25800元，款项已存入银行。本笔业务的会计凭证如下：

记账凭证表格内容：

记　账　凭　证
VOUCHER

日期 DATE：2010 年Y 3 月M 2 日D　　转字第 3001 号 NO.

摘　要 DESCRIPTION	总账科目 GEN.LEN.A/C	明细科目 SUB.LED.A/C	借方金额 DEBIT AMT.	贷方金额 CREDIT AMT.	记账 P.R.
广告收入	银行存款		￥2 5 8 0 0 0 0		√
	主营业务收入	广告收入		￥2 5 8 0 0 0 0	
附件　张 ATTACHMENTS	合　计 TOTAL		￥2 5 8 0 0 0 0	￥2 5 8 0 0 0 0	

核准：APPROED　复核：CHERKED　记账：ENTERED　出纳：CASHIER　制单：PREPARED 张清　签收：RECEIER

（左侧竖排文字：深圳市统一会计凭证账簿系列　深财监制）

8.1.2　其他收入的处理

3月2日，收到房租收入，取得其他收入4250元。此收入是公司出租剩余办公室所得。本笔业务的会计凭证如下：

记 账 凭 证
VOUCHER

日期： 2010 年 3 月 2 日
DATE： Y M D

转字第 3002 号
NO.

深圳市统
·
会计凭证账簿系列
·
深财监制

摘　要 DESCRIPTION	总账科目 GEN.LEN.A/C	明细科目 SUB.LED.A/C	借方金额 DEBIT AMT.											贷方金额 CREDIT AMT.											记账
			亿	千	百	十	万	千	百	十	元	角	分	亿	千	百	十	万	千	百	十	元	角	分	P.R. √
其他收入	银行存款					¥	4	2	5	0	0	0													
	主营业务收入	其他收入															¥	4	2	5	0	0	0	
附件　张 ATTACHMENTS	合　计　TOTAL					¥	4	2	5	0	0	0					¥	4	2	5	0	0	0	

核准：　　复核：　　记账：　　出纳：　　制单： 张清　　　　签收：
APPROED　CHERKED　ENTERED　CASHIER　PREPARED　　　RECEIER

8.2　成本的核算

广告公司的成本，一般主要包括：

● 由于广告的设计和制作产生的成本；

● 广告代理的相关费用；

● 广告业务开拓、广告代理权取得时所产生的相应成本。

8.2.1　广告成本的处理

3月5日，支付外聘广告摄制组相关费用，计6723.5元。本笔业务的会计凭证如下：

记 账 凭 证

VOUCHER

| 日期: | 2010 | 年 | 3 | 月 | 5 | 日 | | | 转字第 | 3003 | 号 |
| DATE: | | Y | | M | | D | | | NO. | | |

摘　要 DESCRIPTION	总账科目 GEN.LEN.A/C	明细科目 SUB.LED.A/C	借方金额 DEBIT AMT.									贷方金额 CREDIT AMT.										记账
			亿	千	百	十	万	千	百	十	元	角	分	亿	千	百	十	万	千	百	十	元	角	分	P.R.√
广告成本	主营业务成本	广告成本					¥	6	7	2	3	5	0											
	银行存款																	¥	6	7	2	3	5	0	
附件　　张 ATTACHMENTS	合　　计　　TOTAL						¥	6	7	2	3	5	0					¥	6	7	2	3	5	0	

核 准:　　复核:　　　　　记账:　　　　　出 纳:　　　　制 单: 张清　　　　签 收:
APPROED　　CHERKED　　ENTERED　　　CASHIER　　PREPARED　　　　　RECEIER

8.2.2　其他服务成本的处理

3月5日，支付公司租用的广告牌的维修费用，计877元。本笔业务的会计凭证如下：

记 账 凭 证

VOUCHER

| 日期: | 2010 | 年 | 3 | 月 | 5 | 日 | | | 转字第 | 3004 | 号 |
| DATE: | | Y | | M | | D | | | NO. | | |

摘　要 DESCRIPTION	总账科目 GEN.LEN.A/C	明细科目 SUB.LED.A/C	借方金额 DEBIT AMT.											贷方金额 CREDIT AMT.										记账
			亿	千	百	十	万	千	百	十	元	角	分	亿	千	百	十	万	千	百	十	元	角	分	P.R.√
其他服务成本	主营业务成本	其他服务成本						¥	8	7	7	0	0											
	银行存款																		¥	8	7	7	0	0	
附件　　张 ATTACHMENTS	合　　计　　TOTAL							¥	8	7	7	0	0						¥	8	7	7	0	0	

核 准:　　复核:　　　　　记账:　　　　　出 纳:　　　　制 单: 张清　　　　签 收:
APPROED　　CHERKED　　ENTERED　　　CASHIER　　PREPARED　　　　　RECEIER

8.3　费用的核算

广告公司在运营过程中产生的费用，除了管理费用、财务费用等业务以外，一般的费用，可以纳入销售费用科目进行外理。

例如：3月8日，支付业务招待费2548元，用于答谢广告客户。本笔业务的会计凭证如下：

记　账　凭　证
VOUCHER

日期： 2010 年 3 月 8 日
DATE： Y M D

转字第 3005 号
NO.

摘　要 DESCRIPTION	总账科目 GEN.LEN.A/C	明细科目 SUB.LED.A/C	借方金额 DEBIT AMT.										贷方金额 CREDIT AMT.										记账 P.R. √
			亿	千	百	十	万	千	百	十	元	角	分	亿	千	百	十	万	千	百	十	元	角	分	
发生相关费用	销售费用						¥	2	5	4	8	0	0											
	银行存款																	¥	2	5	4	8	0	0	
附件　　张 ATTACHMENTS	合　计　TOTAL						¥	2	5	4	8	0	0					¥	2	5	4	8	0	0	

核准： 复核： 记账： 出纳： 制单：张清 签收：
APPROED CHERKED ENTERED CASHIER PREPARED RECEIER

8.4　相关税费的核算

广告公司相关税费在提取时，其会计处理如下：

8.4.1　计提营业税时

3月25日，计提营业税，计2345元。本笔业务的会计凭证如下：

记　账　凭　证
VOUCHER

日期： 2010 年 3 月 25 日
DATE： Y M D

转字第 3006 号
NO.

摘　　要 DESCRIPTION	总账科目 GEN.LEN.A/C	明细科目 SUB.LED.A/C	借方金额 DEBIT AMT.										贷方金额 CREDIT AMT.										记账
			亿	千	百	十	万	千	百	十	元	角	分	亿	千	百	十	万	千	百	十	元	角	分	P.R.√
计提营业税	营业税金及附加						￥	2	3	4	5	0	0											
	应交税费	应交营业税																	￥	2	3	4	5	0	0	
附件　张 ATTACHMENTS	合　计　TOTAL						￥	2	3	4	5	0	0					￥	2	3	4	5	0	0	

核准：　　复核：　　　记账：　　　出纳：　　　制单： 张清　　　签收：
APPROED　CHERKED　ENTERED　CASHIER　PREPARED　　RECEIER

深圳市统一会计凭证账簿系列　深财监制

8.4.2　缴纳营业税时

3月31日，缴纳营业税，金额2345元。本笔业务的会计凭证如下：

记　账　凭　证
VOUCHER

日期： 2010 年 3 月 31 日
DATE： Y M D

转字第 3007 号
NO.

摘　　要 DESCRIPTION	总账科目 GEN.LEN.A/C	明细科目 SUB.LED.A/C	借方金额 DEBIT AMT.										贷方金额 CREDIT AMT.										记账
			亿	千	百	十	万	千	百	十	元	角	分	亿	千	百	十	万	千	百	十	元	角	分	P.R.√
缴纳营业税	应交税费	应交营业税						￥	2	3	4	5	0	0											
	银行存款																		￥	2	3	4	5	0	0	
附件　张 ATTACHMENTS	合　计　TOTAL						￥	2	3	4	5	0	0					￥	2	3	4	5	0	0	

核准：　　复核：　　　记账：　　　出纳：　　　制单： 张清　　　签收：
APPROED　CHERKED　ENTERED　CASHIER　PREPARED　　RECEIER

8.4.3 计提城建税时

3月25日，计提城建税，计228元。本笔业务的会计凭证如下：

记 账 凭 证
VOUCHER

日期： 2010 年 3 月 25 日   转字第 3008 号
DATE： Y   M   D   NO.

摘 要 DESCRIPTION	总账科目 GEN.LEN.A/C	明细科目 SUB.LED.A/C	借方金额 DEBIT AMT. 亿千百十万千百十元角分	贷方金额 CREDIT AMT. 亿千百十万千百十元角分	记账 P.R. √
计提城建税	营业税金及附加		￥2 2 8 0 0		
	应交税费	应交城建税		￥2 2 8 0 0	
附件 张 ATTACHMENTS	合 计 TOTAL		￥2 2 8 0 0	￥2 2 8 0 0	

核准： 复核： 记账： 出纳： 制 单： 张清 签收：
APPROED CHERKED ENTERED CASHIER PREPARED RECEIER

8.4.4 缴纳城建税时

3月31日，缴纳城建税，金额228元。本笔业务的会计凭证如下：

记 账 凭 证
VOUCHER

日期： 2010 年 3 月 31 日   转字第 3009 号
DATE： Y   M   D   NO.

摘 要 DESCRIPTION	总账科目 GEN.LEN.A/C	明细科目 SUB.LED.A/C	借方金额 DEBIT AMT. 亿千百十万千百十元角分	贷方金额 CREDIT AMT. 亿千百十万千百十元角分	记账 P.R. √
缴纳城建税	应交税费	应交城建税	￥2 2 8 0 0		
	银行存款			￥2 2 8 0 0	
附件 张 ATTACHMENTS	合 计 TOTAL		￥2 2 8 0 0	￥2 2 8 0 0	

核准： 复核： 记账： 出纳： 制 单： 张清 签收：
APPROED CHERKED ENTERED CASHIER PREPARED RECEIER

深圳市统一会计凭证账簿系列 深财监制

8.4.5 计提企业所得税时

3月25日，计提企业所得税，计5768元。本笔业务的会计凭证如下：

记 账 凭 证
VOUCHER

日期：2010 年 3 月 25 日　　转字第 3010 号
DATE：Y　　M　　D　　　　　　NO.

摘　要 DESCRIPTION	总账科目 GEN.LEN.A/C	明细科目 SUB.LED.A/C	借方金额 DEBIT AMT. 亿 千 百 十 万 千 百 十 元 角 分	贷方金额 CREDIT AMT. 亿 千 百 十 万 千 百 十 元 角 分	记账 P.R. √
计提企业所得税	营业税金及附加		5 7 6 8 0 0		
	应交税费	应交企业所得税		5 7 6 8 0 0	
附件　张 ATTACHMENTS	合　计 TOTAL		5 7 6 8 0 0	5 7 6 8 0 0	

核准：　复核：　　记账：　　出纳：　　制单：张清　　签收：
APPROED　CHERKED　ENTERED　CASHIER　PREPARED　　RECEIER

8.4.6 缴纳企业所得税时

3月31日，缴纳企业所得税，金额5768元。本笔业务的会计凭证如下：

记 账 凭 证
VOUCHER

日期：2010 年 3 月 31 日　　转字第 3011 号
DATE：Y　　M　　D　　　　　　NO.

摘　要 DESCRIPTION	总账科目 GEN.LEN.A/C	明细科目 SUB.LED.A/C	借方金额 DEBIT AMT. 亿 千 百 十 万 千 百 十 元 角 分	贷方金额 CREDIT AMT. 亿 千 百 十 万 千 百 十 元 角 分	记账 P.R. √
缴纳企业所得税	应交税费	应交企业所得税	5 7 6 8 0 0		
	银行存款			5 7 6 8 0 0	
附件　张 ATTACHMENTS	合　计 TOTAL		5 7 6 8 0 0	5 7 6 8 0 0	

核准：　复核：　　记账：　　出纳：　　制单：张清　　签收：
APPROED　CHERKED　ENTERED　CASHIER　PREPARED　　RECEIER

8.4.7 计提教育费附加时

3月25日，计提教育费附加，计897元。本笔业务的会计凭证如下：

记　账　凭　证
VOUCHER

日期：2010 年 3 月 25 日　　　　　　转字第 3012 号
DATE：　　Y　M　D　　　　　　　　　NO.

| 摘　要 DESCRIPTION | 总账科目 GEN.LEN.A/C | 明细科目 SUB.LED.A/C | 借方金额 DEBIT AMT. |||||||||| 贷方金额 CREDIT AMT. |||||||||| 记账 P.R. |
			亿	千	百	十	万	千	百	十	元	角	分	亿	千	百	十	万	千	百	十	元	角	分	✓
计提教育费附加	营业税金及附加								8	9	7	0	0												
	应交税费	应交教育费附加																		8	9	7	0	0	
附件　张 ATTACHMENTS	合　计 TOTAL								8	9	7	0	0							8	9	7	0	0	

核　准：　　复　核：　　记　账：　　出　纳：　　制　单：张清　　签　收：
APPROED　　CHERKED　　ENTERED　　CASHIER　　PREPARED　　RECEIER

8.4.8 缴纳教育费附加时

3月31日，缴纳教育费附加，金额897元。本笔业务的会计凭证如下：

记　账　凭　证
VOUCHER

日期：2010 年 3 月 31 日　　　　　　转字第 3013 号
DATE：　　Y　M　D　　　　　　　　　NO.

| 摘　要 DESCRIPTION | 总账科目 GEN.LEN.A/C | 明细科目 SUB.LED.A/C | 借方金额 DEBIT AMT. |||||||||| 贷方金额 CREDIT AMT. |||||||||| 记账 P.R. |
			亿	千	百	十	万	千	百	十	元	角	分	亿	千	百	十	万	千	百	十	元	角	分	✓
缴纳教育费附加	应交税费	应交教育费附加							8	9	7	0	0												
	银行存款																			8	9	7	0	0	
附件　张 ATTACHMENTS	合　计 TOTAL								8	9	7	0	0							8	9	7	0	0	

核　准：　　复　核：　　记　账：　　出　纳：　　制　单：张清　　签　收：
APPROED　　CHERKED　　ENTERED　　CASHIER　　PREPARED　　RECEIER

8.4.9 计提堤围费及文化建设费时

3月25日，计提堤围费，计245元；计提文化建设费，计377元。本笔业务的会计凭证如下：

借：营业费用——综合管理费

贷：其他应交款——应交堤围费

——应交文化建设费

记 账 凭 证
VOUCHER

日期： 2010 年 3 月 25 日　　　　　　　　　转字第 3014 号
DATE：　　 Y　 M　 D　　　　　　　　　　　　 NO.

摘　要 DESCRIPTION	总账科目 GEN.LEN.A/C	明细科目 SUB.LED.A/C	借方金额 DEBIT AMT. 亿 千 百 十 万 千 百 十 元 角 分	贷方金额 CREDIT AMT. 亿 千 百 十 万 千 百 十 元 角 分	记账 P.R. √
计提堤围费及文化建设费	销售费用	综合管理费	￥6 2 2 0 0		
	其他应付款	应交堤围费		￥2 4 5 0 0	
	其他应付款	应交文化建设费		￥3 7 7 0 0	
附件　张 ATTACHMENTS	合　计　TOTAL		￥6 2 2 0 0	￥6 2 2 0 0	

核　准：　　复　核：　　　记　账：　　　出　纳：　　制　单：张清　　签　收：
APPROED　　CHERKED　　ENTERED　　CASHIER　　PREPARED　　RECEIER

8.4.10　缴纳堤围费及文化建设费时

3月31日，缴纳堤围费，计245元；缴纳文化建设费，计377元。本笔业务的会计凭证如下：

记 账 凭 证
VOUCHER

日期： 2010 年 3 月 31 日　　　　　　　　　转字第 3015 号
DATE：　　 Y　 M　 D　　　　　　　　　　　　 NO.

摘　要 DESCRIPTION	总账科目 GEN.LEN.A/C	明细科目 SUB.LED.A/C	借方金额 DEBIT AMT. 亿 千 百 十 万 千 百 十 元 角 分	贷方金额 CREDIT AMT. 亿 千 百 十 万 千 百 十 元 角 分	记账 P.R. √
缴纳堤围费及文化建设费	其他应付款	应交堤围费	￥2 4 5 0 0		
	其他应付款	应交文化建设费	￥3 7 7 0 0		
	银行存款			￥6 2 2 0 0	
附件　张 ATTACHMENTS	合　计　TOTAL		￥6 2 2 0 0	￥6 2 2 0 0	

核　准：　　复　核：　　　记　账：　　　出　纳：　　制　单：张清　　签　收：
APPROED　　CHERKED　　ENTERED　　CASHIER　　PREPARED　　RECEIER

8.4.11 计提个人所得税时

3月25日，计提个人所得税，计56847元。本笔业务的会计凭证如下：

记　账　凭　证

VOUCHER

日期：2010 年 3 月 25 日　　　　　　　　　　　　　转字第 3016 号
DATE：　　Y　　M　　D　　　　　　　　　　　　　　　NO.

摘　要 DESCRIPTION	总账科目 GEN.LEN.A/C	明细科目 SUB.LED.A/C	借方金额 DEBIT AMT. 亿 千 百 十 万 千 百 十 元 角 分	贷方金额 CREDIT AMT. 亿 千 百 十 万 千 百 十 元 角 分	记账 P.R. √
计提个人所得税	其他应收款		¥ 5 6 8 4 7 0 0		
	应交税费	应交个人所得税		¥ 5 6 8 4 7 0 0	
附件　　张 ATTACHMENTS	合　　计　TOTAL		¥ 5 6 8 4 7 0 0	¥ 5 6 8 4 7 0 0	

核准：　　复核：　　　记账：　　　出纳：　　　制单：张清　　　签收：
APPROED　CHERKED　ENTERED　CASHIER　PREPARED　　　RECEIER

8.4.12 缴纳个人所得税时

3月31日，缴纳个人所得税，金额56847元。本笔业务的会计凭证如下：

记　账　凭　证

VOUCHER

日期：2010 年 3 月 31 日　　　　　　　　　　　　　转字第 3017 号
DATE：　　Y　　M　　D　　　　　　　　　　　　　　　NO.

摘　要 DESCRIPTION	总账科目 GEN.LEN.A/C	明细科目 SUB.LED.A/C	借方金额 DEBIT AMT. 亿 千 百 十 万 千 百 十 元 角 分	贷方金额 CREDIT AMT. 亿 千 百 十 万 千 百 十 元 角 分	记账 P.R. √
缴纳个人所得税	应交税费	应交个人所得税	¥ 5 6 8 4 7 0 0		
	银行存款			¥ 5 6 8 4 7 0 0	
附件　　张 ATTACHMENTS	合　　计　TOTAL		¥ 5 6 8 4 7 0 0	¥ 5 6 8 4 7 0 0	

核准：　　复核：　　　记账：　　　出纳：　　　制单：张清　　　签收：
APPROED　CHERKED　ENTERED　CASHIER　PREPARED　　　RECEIER

《从零开始学财务报表》
ISBN 978-7-122-11650-5
2011年10月
化学工业出版社

看懂四大报表，决策不出错。

看懂损益表，透视企业成长力。

看懂现金流量表，了解公司资金运作。

看懂资产负债表，掌握投资收益。

看懂股东权益变动表，获知股东红利。

◎掌握财报重点，找出财报关键数字，揭晓公司经营效率、赢利能力，享受投资盈余。

◎破解公司财务风险，财报陷阱不上当

学会评估公司财务预测、识破蒙蔽手法、看穿潜在损失，安全躲闪地雷股。

《从零开始学会计》
ISBN 978-7-122-09927-3
2011年6月
化学工业出版社

根据《会计法》和财政部
最新制定的《企业会计准则》编写
全程图例讲解＋全套仿真凭证
帮你从入门到精通

《经理人财务知识速成读本》

ISBN 978-7-122-10917-0

2011年8月

化学工业出版社

领导不必成为专业的财务人员，但必须了解财务知识

领导不必从事财务工作，但必须成为财务管理的核心人物

每个经理人都不可错过的"财务"枕边书

关心财务状况不仅是财务部门的责任，财务知识也不仅是财务人员的专利

不懂财务 就当不好经理　不懂财务 就做不好老板

如果想在市场中建立竞争力，就必须先了解关键的财务知识。

如果数字是商界的字母，那么财务报表和预算就称得上是商业世界的书。